広島の追憶と今日

高山等編

YUKENSHA

とびら……黒い雨あとが残った白壁／広島平和記念資料館展示

前頁ともに2015年5月撮影（支援：広島フィルム・コミッション）

健全度調査を終えた原爆ドーム内部。幾重にも張り渡された鋼材が崩壊をくい止めている。

米軍機が松山市上空から撮影した巨大なきのこ雲。米軍撮影／広島平和記念資料館提供

相生橋西詰から東南方向を見る（被爆前）。橋の東側に日本赤十字社広島支部、元商工会議所旧館、広島県産業奨励館、東相生橋が見える。　広島平和記念資料館提供

被爆後の広島市全景（航空写真）、焼土となった市街からまだ余塵がくすぶっている。
米軍撮影／広島平和記念資料館提供

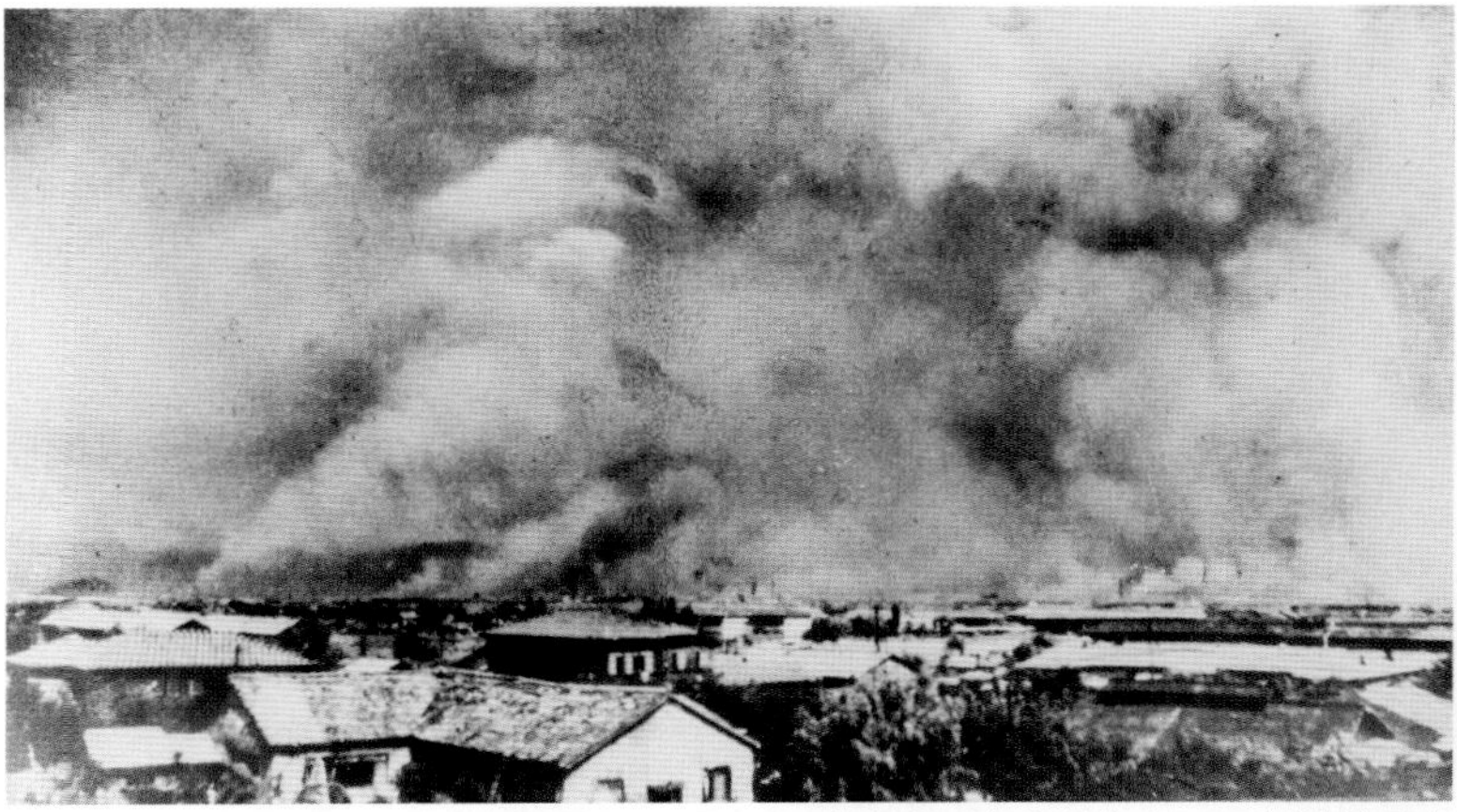

炎上中の広島市街。炸裂後約1時間たった頃には、広島市の大半が炎上した。船舶練習部本部三階屋上西端から撮影。西に向かって広島市デルタ地域のほぼ全景が写っている。中央部が爆心地方向。
木村権一氏撮影／広島平和記念資料館提供

衣服はたれ下がり、この世の人とは思えぬ姿の負傷者たち。声も立てず黙々と郊外へ逃げていく。　吉村吉助氏画／広島平和記念資料館提供

中国新聞社新館屋上から東北東に向かって。 手前の広場が幟町国民学校。左から広島駅、広島鉄道病院、京橋。右端に広島電鉄市内電車軌道、上方軌道のカーブ付近が稲荷町電車専用橋。中央左右に京橋川、京橋川に交差する道は、京橋通り（旧山陽道、西国街道）。焼け跡手前から上流川町、石見屋町、橋本町、上柳町。林重男氏撮影／広島平和記念資料館提供

鉄砲町より八丁堀。北東から南西に望み、福屋新館と福屋休館舘、右遠方の建物は芸備銀行本店と住友銀行広島支店。　空博行氏撮影／広島平和記念資料館提供

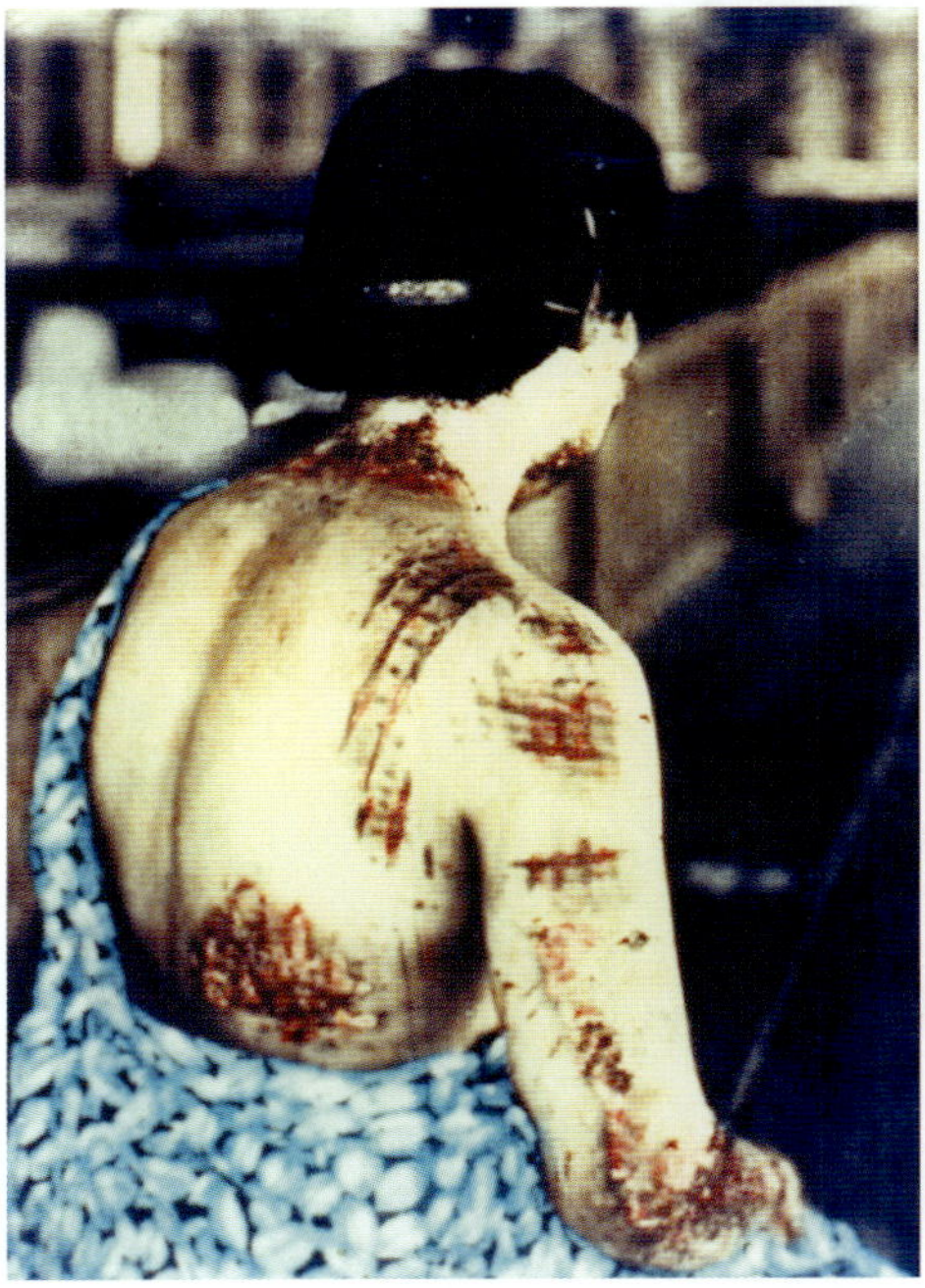

着物の柄が皮膚に焼きついた女性。着物の模様を現している背中の熱傷。着物の模様の濃い部分が、肌に焼きつき、熱線のものすごさがまざまざとわかる。広島第一陸軍病院宇品分院で。

木村権一氏撮影／広島平和記念資料館提供

平成26年（2014）広島市原爆死没者慰霊式並びに平和祈念式。　広島市提供

原爆の子の像

広島の追憶と今日

高山　等編

はじめに

私はこれまで被爆の実相を海外にも伝えるため、被爆者と原爆の脅威を知る国内外の方々と共に活動を続けてきました。

しかし多くの日本人にとって戦争は遠く昔のこととなり、被爆の脅威や体験を直接伝える人々が極めて少なく、聞くことすら難しい時代になりました。それだけに被爆の恐怖と惨禍、被爆者の生活を伝え残す重要な時だと痛感しています。

私は昭和四十四年に国内外の方たちの協力を得て英文にて『広島の追憶と今日』を出版、後に反響があり市民や内外の知名の方々の協力も得て『ヒロシマの原爆証言』も出版しました。この『広島の追憶と今日』は広島での出来事を海外に伝える役割を果たし、海外の知識人の方々に深い理解を得ていると確信しております。

しかし、海外に伝えるだけでなく、まだ実状を知らない日本の皆さまにもこの本の内容を伝える必要を強く感じ、このたびの出版に至りました。

今年は戦後七十年、日本文『広島の追憶と今日』を家族や周りのご友人に、子や孫の世代にと読み継ぎ、語り継いでいただければありがたく思います。

平成二十七年五月吉日

編者　高山　等

〈目　次〉

はじめに……………………………………………………………編者　高山　等……3

被爆者体験記

三児に遺す　元広島市役所総務課長　村上　敏夫……13
運命の日　被爆者団体協議会事務局長　桧垣　益人……23
黙っていることは罪だ　中学校教諭　高山　等……29
私は「ヒロシマ」を憎む　～慟哭の原爆忌～　元協和発酵副社長　若木　重敏……37
原爆体験と世界平和　前広島女学院院長　松本　卓夫……103
愛し児よ　薬店経営　落合フミコ……113
息子は七才で死んだ　高校教諭・被爆二世の会副会長　名越　謙蔵……117
原爆の日母は　高校生　両羽　順子……121

目　次

両親を亡くして　洋服販売業　冨士本　恒……124
この子に幸せを　「きのこ会」事務局長　長岡千鶴野……127
あの日から　特別養護老人ホーム「清鈴園」　崎本　亀利……131
病床にありて　原爆病院患者　西本シズコ……134
慟哭の憤怨　元国鉄機関士（原爆病院患者）　増宮　益夫……137
被爆者の苦悩は続いている　主婦　行成　春子……142
魔の放射能　元広島駅助役（自宅療養）　折手　元一……145
韓国人被爆者の願い　韓国居留民団広島地方本部事務局長　姜　文熙……148
原爆体験に根ざした平和教育　高校教諭・全国高校被爆教師の会会長　森下　弘……152
被爆者の願い　主婦　辰岩　秀子……157
被爆老人の生活　失対労務従事　比嘉　キミ……162
全世界にヒロシマの心を　ワールド・フレンドシップ・センター　山岡ミチコ……166

被爆者懇談

はしがき……桧垣　益人……173
懇談会……175

市民の声

メッセージ　広島市長　荒木　武……191
平和は人類の希望　広島ＹＭＣＡ総主事　相原　和光……193
遅れた戦死　医師　原田　東岷……195
ヒロシマと人類　広島大学長　飯島　宗一……198
原爆資料館の役割　原爆資料館長　小倉　馨……200
ヒロシマとパールハーバー　広島女学院大教授　庄野　直美……202

世界の声

ヒロシマ爆撃について思うことども
歴史学者（イギリス）アーノルド・J・トインビー……209
平和に向かっての慈悲の時代
ノーベル物理学賞受賞者（フランス）カストレール・アルフレッド……212
平和促進への時代
平和運動家（クエーカー教徒）（アメリカ）バーバラ・レイノルズ……214
一つの統一された世界か無の世界か
哲学者・作家（オーストリア）ギュンター・アンデルス……218
豊かな平和の世界へ向かって
（オーストラリア）ホック夫妻……223
ヒロシマ——不安と希望
新聞編集長（西ドイツ）インゲンバーグ・クスター……226

科学的実験
小説・評論家（アメリカ）アイラ・モリス……230
憎悪なしでは平和を教えられない
キリスト教平和活動委員（スイス）ベアテ・ゼーフェルト……233
原爆は勝利への希望が引き起こした
ノーベル平和賞受賞者・政治家（イギリス）フィリップ・ノエル・ベーカー……236
行動なき主張は無益
心理学者（カナダ）アナトール・ラポポート……238
平和に関する世界の意見
ノーベル物理学賞受賞者（日本）朝永振一郎……240
平和への「新しい人類」
キリスト教改革派主教（ハンガリー）テイボア・パーサー……242

装幀・本文カット　菊池　彰

〈凡例〉

▽本書は、昭和四十四年に国内外の方たちの協力を得て発刊した英文『HIROSHIMA IN MEMORIAM AND TODAY』（広島の追憶と今日）のうち、「PART TWO」を中心にした日本語版である。
▽筆者の肩書きは、当時のものである。
▽巻末の「広島レポート」は、平成二十七年現在の広島を取材・収録した菊池彰氏による書き下ろしである。
▽文字遣い等の表記は、筆者の原文を尊重しつつ現代仮名遣いを基本としている。

被爆者体験記

三児に遺す

元広島市役所総務課長
村上　敏夫

まえがき

本記録は約十年前すなわち、広島被爆二周年目に原爆当時幼くして被爆した三人の子供のために書き留めたもので、他に対して、発表する読物ではない。過去再三掲載を求められたこともあったが、断ってきた。この度ある方の切なる懇望により、節を折って提供した。文の巧拙は問わず、事実の様相をそのままに写すことに努めたるのみ。

「待避所に行きなさい」その朝、目ざとく起きて座敷のまん中あたりで遊んでいた二人の子供（長女・啓子当時八才、長男・健司当時三才）に何気なくこう言った。先程からいやにキンキン腹に響くような敵機の爆音にまたかとは思ったが、やはり多少気にかかるので、その機数や、位置を見定めようと、庭下駄をつっかけて裏庭に出て、西南の空のあたりを眺めた。だが庭の松のしげみにさえぎられて敵機は見えず、やや安易な気持で座敷に引きかえした。後になって考えてみると、この「待避所に行きなさい」が、直接には二人の子供をかすり傷一つさせずに助け、間接には五人の家族の生命を救う要因となったのである。それは原子爆弾炸裂の五秒前、すなわち広島市民四十万（当時広島市内の推定人口）が神に仏に見はなされた昭和二十年八月六日午前八時十五分の五秒前のことである。もちろん危険を予想したわけでもなく、何気なく言ったという程のこの軽い注意に、二人の子供は実に忠実に、コロコロ転ぶように、五メートル先の玄関の簡易待避所に走りこんだ。そして足を投げだすように座ったそのしゅんかんがあのピカドンである。

ところで、この運命の待避所だが、三日程前市役所周辺の建物疎開のため緊急疎開を命ぜられたM義兄が、あわただしく持ち込んだ箪笥、畳、針台を積み重ねて造った、その急造の待避所なのである。それが三日目に、二つの若い魂を完全に守ることになったとは人間の智や情では到底思いも及ばぬ全くの幸運であった。

さて、原爆炸裂の様相だが、さっき降り立っていた裏庭あたりに、耳をつんざく強烈な音というより、音にならぬ音とともに、直径一〇メートルほどの真紅の閃光のひとかたまりが、ピカッと網膜の底に焼きついた。これこそ、かつて聞かされていた新鋭の五〇〇キロ焼夷爆弾だなと直感した。その瞬間《とき》の行動はもとより意識していない。次の瞬間反射的に私の左半身は、二人の子供のいる側の待避所にのめりこんで突っ伏していた。二メートル離れたところでワイシャツを着ていたのだが、若い頃盛んにスポーツをやっていたので、その運動神経のお蔭と思われる。家内(文子・当時三十五才)は、いつもより少しおそい朝餉の支度で台所にいた。〝おそい朝食〞、これは、くわしく説明すれば、当時の広島市の防衛態勢、緊急建物疎開、義勇隊出動など重要な公務に触れて随分長くなるので、ここでは直接私個人の関係のみを書き残す。

その日、朝九時半に高野広島県国民義勇隊本部長(県知事)の代理としてA内政部長と、粟屋広島市国民義勇隊長(市長)の代理として私が、本川小学校の広島県建物疎開本部で、当時分秒を競って実施中の、建物疎開作業の義勇隊出動について協議することになっていたため、その朝特に宅におり〝おそい朝食〞となったわけである。もっとも、その朝は兼務している防空本部の情報班長として、昨夜の敵機来襲のため空襲警報発令下に出動勤務しているので、特別な事態が起こらぬ限り定時に出勤しなくてもよいことになっていたのである。

五人家族の中もう一人は末っ子の、まだ手を触れるとつぶれそうな生後二ヵ月(昭和二十年六月十一日生)の佑子で、座敷のまん中のクリーム色の小さな毛布の上で、人間の醜い闘争を知らぬ清純無垢な、朝の眠りをつづけていた。

万雷の稲妻のような閃光とともに一瞬、二十五坪の瓦の平家建ては完全に押しつぶされ、爆風や家屋倒壊の旋風に煽られて、眼の先は塵埃で暗黒となった。激流のごとくずり落ちる瓦片のなだれの隙間を通してかすかながら灰色の空間が見える。本能的に「脱出は今だ」と無我夢中、無惨に打ち砕かれた材木の重なりあった上に這い出した。そばにいたはずの二人の子供、啓子と健司は、これも私の腰にしがみついて這い出しているがどちらが、どうしたのかわからぬ。ただ生への本能が反射的に行動させたのだろう。

恐怖と不安の中に救い求めつつ、見回したその視野に入る情景は、これは又なんとしたことか、目をこすって何度見直しても、この世の出来事とは思えぬ。予期・想像・到底及ばぬ、近く、遠く目の届く家という家、木という木、電柱も電線も折れ倒れ、からみ合い、つい一〇〇メートル先の鉄道線路の斜面には、真黒い貨車が車軸を上に長々と毒虫のようにぶっ倒れ、ガソリンらしいものがひっきりなしに爆発して真黒な油煙を吹き上げている。二キロ先の市街の中央爆心地あたりは、黒煙黄塵朦朦と、つい先程までの水の都「広島」は荒れ狂う悪魔の爪先に引き裂かれ、見る見る死の街へと崩れ去ってゆく。この奇怪、この凄惨、職務柄これまでの都市空襲の様相については、秘密に属する事態をも相当聞かされていた私だったが、今、目に映ずる恐怖の現実、この破壊と混乱はかつての想定の中には完全になかった。

アッという間の家屋の崩壊で、推しつぶされているはずの妻（文子）と幼児（佑子）は、その位置も生死も見当がつかぬ。叫びも呻きも全くない、人事を尽す暇も術もない。万事休す、悲しみも情感もふしぎと起こらぬ。涙も出ない。月並にいうと通常の人間感情は湧かない。茫然自失、ただ茫然自失の態だ。次の瞬間かすかに呻きが地の底からきれぎれに「ユウコハ、シンダ、……ワタシハ、ダメ……ニゲテ」。妻の声だ、しかし人間の声ではない。生命のかけらが最後にふりしぼる断末魔の声、「ナニ！　ゲンキヲダセ、ゲンキヲ……ドコダ！ドコダ！」これに応ずるように折れ重なった材木がめりめりと動いたとたん、女性の弱い肩に常識では可能と思われぬ重量の材木を乗せてすっくと立ち上った。全身血糊の生不動《いきふどう》、しかも胸に二ヵ月の幼児（佑子）をしっかりと抱いている――後日、発見したことだが、私のこの激励は妻の耳には達していなかった。腹の下で呻いた一声、死んだと信じていたその幼児（佑子）の呻きに、人間の、いや無限の母性愛が不可能を可能にさせたらしい。――何秒か、あるいは何分かののち、意識したとき五人の家族はガラス、瓦、壁土のうず高く散乱した路地に、幻覚の中の亡霊のように呆然と立っていた。処々方々から叫ぶ声、呻く声、呪う声、父と母を、子を兄弟を、呼びあう声。街の中心部は、はや地殻が破れたように至る所から上がる火炎。黒煙は地を這い天を覆い灰色の空間をのろわしく押しつぶしてゆく。焼けただれた全裸の男、女、女、女、男、女……生きながらの亡霊が、なだれのように押して行く。地軸の震動が無気味に震え、地獄で鬼の引く車の轟きにも似て末世の終焉を思わせる。妻の負傷は最も無惨、頭の天ぺんから足の爪先まで、全身に大小無数のガラスの破片が突き刺さり、ギラギラと悪魔の槍の矢尻のように白い光を反射している。右の眼球は、完全に外に飛び出して目蓋の下まで垂れさがっている。左眼も眼球近くにガラスの破片が刺さり血糊で視力がきかない。私も右の肩から二の腕にかけてガラスの裂傷を受け、右手の自由を奪われて、幼児は血糊で濡れた毛布の中で、小さい心臓はひとたまりもない。東より西より南より北より、起こった火の手は次第に勢いを増して猛り狂う。

ともあれ五人の家族は、火炎のとりこから逃れねばならぬ。身についているものは、脱出の死闘で引きちぎられ、すべてが全裸に近い。わずかに腰回りに布ぎれがぶらさがっている。烈風に煽られる火勢が、次第に皮膚に食い入ってくる。眼球が飛び出した妻を背負い、左手に幼児の屍を抱き、右手に二児の手を引いて、素足で瓦礫を踏み、ガラスの破片を砕き、やっと三〇〇メートルはなれた干潮の河原の砂の中（白島町神田橋下流一〇〇メートルの河原）に命からがらの避難をした。脱出の苦悩に肉体も精神も極度に疲労したが、火あぶりの危機からだけはかろうじて逃れた。一望数百の罹災民。親を追うて、子を求めて、狂乱する様は目もくらみ、脳髄をかきむしるようだ。

兵舎を焼失して、この河原の砂の上に緊急避難した見栄も軍律も吹き飛ばされて、見る影もない軍人・軍属は、今は命絶え絶えに、故郷の母を、妻を、子を呼びつつ、目のあたりに不幸な生涯の生命が次々に果てゆく。私達五人に接して、すでに息絶えた母親の死も知らず、乳房を無心にしっかと握った嬰児、幼児の死体を抱く狂った母、恩愛の絆の今まさに黒点として臨終に捧げる、狂おしくも純粋な祈りの姿、胸に迫って到底正視出来ない。私はかねての職場の持場につくため、死に瀕した家族との別離を心に期して、一度は胸までの河を渡って罹災《りさい》者のなだれる道に這い上ったものの、全市壊滅のこの現状に一人の人間の無力を嘆くのみ。救護所の設置、食糧配給の連絡、情報入手など、そのいずれもが手の施しようもない。水を求めてのたうち回る周囲の人に、せめて最後の一滴の水を与えることだけが、私のわずかに残る余力で可能の最大の奉仕であった。

ここで奇蹟的な事件を書かねばならぬ。それは二ヵ月の幼児・佑子が死から蘇生したことである。母に抱かれて救い出されたものの、幼い生命はショックと母の返り血で、目、鼻、口を覆われ、蘇生などとは奇蹟を期待しても及びもつかぬことに思われた。その時の状況判断では次の行動のために、どうしてもこの幼い死体を一時措置せねばならなかった。繁みに近い砂の下に仮埋葬すべく、二尺ばかりの穴を傷ついた素手で掘った。その別れの穴に入れんとしたまさにその時、せめて血糊をと、上げ潮に満ちてきた川の水に――二葉の里東照宮の横の川――頭から身体を無造作に二、三度浸して洗った瞬間、狂喜の奇蹟が起った。無から有、死から生、絶望の仮死状態から、蘇生の泣き声を聞いたのである。もしもあのとき水に洗うことをせず、そのまま穴に埋めていたらと回想するとき、人の命のもろさ、強さ、そして運命のいかに偶発的なるかに、身の内がじーんとすることがしばしばである。

しかし一応は救《たす》かり成長しているとはいえ、身長、体重、胸囲ともに平均値より低く、骨格も弱々しい。それにその後引続き爆心地五〇〇メートルの袋町小学校の仮救護所で、その年の十一月まで約三ヵ月収容されていたこと、加えて次々と倒れていく被爆者の現状を見るとき、内心不安は去らない。

さて、不安と焦燥と疲労困憊の一夜は明けた。再び、動かぬ幾百の尊い無惨なむくろの上にうつろな朝の光を投げている。私達五人の親子は、周囲の死霊の中に取り残されて、疲労と飢餓に眼がくらむ。このままでは、長くてあと数時間の命と思われた。しかし運命は私達を死なせなかった。

かくも惨忍な悲劇の中にも、奇蹟の脱出に成功して、牛田山山麓の友人O氏の家に救いを求めて辿り着くことが出来た。ここで乏しいながらも、二週間雨露を逃れたことは地獄で仏の救いだった。しかし、そこも当時極度に疲弊していた食糧事情その他で、長居は許されなかった。幸い罹災《りさい》をまぬがれた上の二人の子供（啓子・健司）は、いなかの祖父母のもとへ預け、妻と幼児（佑子）は八月の灼熱の炎天下を路傍で借りた乳母車に乗せて、袋町小学校跡の仮設救護所に、急任の所長S医師を訪ねて応急の治療を依頼して身を寄せた。救護所といっても、鉄骨建物のため辛うじて外郭だけ焼け残ったもので、焼石の出た荒目のコンクリートの上に、つい先程まで死人を包んで、一面に血糊のついた一枚の荒筵《あらむしろ》に、失明寸前の妻——現在全身ガラスの裂傷、右眼失明、左眼成形手術により不自由ながら失明はまぬがれる——と栄養失調の幼児と左手を肩に吊った私との三人が、一枚の薄い軍隊用毛布、所狭いまでに横たわる被爆重傷患者の呻きと呪いの充満した中に伏せって、初冬の風に吹きさらされた惨めな名ばかりの救護所は雨露さえ充分には防げなかった。市役所の職場と、救護所をかけもちで何回となく往復しながら、公務のかたわらにする療養と看護は言語に絶する苦痛の毎日だった。この時ほど生きることのいかに苦しいかを、感じたことはない。むしろ生きたことを呪った。

寒さが極度に傷にしみて、寝られぬ夜が続いた。十一月初め、ようやく雨露をしのぐだけの家を借りることが出来て、この哀れな救護所を引き揚げた。被爆半壊の家を包帯で右手を吊り、利かぬ左手で、仮の補修をした借家だった。それでも生きた心地をかすかに感じたのは、原爆前後を通じてこの時が初めてだったろう。私達五人の生命は夢幻のうちに取りとめた。

あれから二年目、夢、憤り、諦め、苦難の鞭に打ちひしがれた私達は、広島人は、誰よりも何よりも、心から、骨の髄から戦さを憎み平和を探し求めている。人類最初にして最大の悲劇をこの眼で見、この心で悟り、この生命で感じた。あと五日で巡り来る八月六日だ。私は深くこうべを垂れて誰にともなく、祈らずにはおられない。心なきおとなこどもの犯した今世紀最悪の過ちのとばっちりを受けた、汚れなき、罪なき子供ら、啓子、健司、佑子よ、年ごとに必ず巡り来る八月六日には父の残したこの記録を開いて、幼き日の不幸な体験を想い起し、真に争いを憎み、平和を愛する人として成長してもらいたい。本記録は父の単なる趣味として書いたものではない。

世界の人が真に共愛共存を願い、努力しないところに人類の幸福はないことを、この原子爆弾の無惨な被害から更に一層強く知ったからである。どうか三人とも平和を愛する子として成長してくれることを心から重ねて祈る。

運命の日

被爆者団体協議会事務局長
桧垣　益人

昭和十九年十月、学校を退職して、安芸地方事務所に勤めのため広島市大手町から通っていた。忘れもせぬ八月六日、朝起きて見ると空は限なく晴れて庭の樹々は緑を池水に投げかけていた。警戒警報が解除になったので何だか伸び伸びする。食事を終えて長女と次女は、今朝も元気よく学徒動員として出て行った。自分は戦闘帽に訓練服、巻ゲートルに雑嚢と身支度して家を出ようとすると、三才になる真智子が奥の間から走って来て、ピョコンと頭を下げる。「良い子にするのだよ」と頭を撫でてやると、如何にも嬉しそうだ。後片附けをした妻と共に手を振って送ってくれたが、思えばこれが今生の別れとなったのである。

鷹野橋停留場まで行くと、二、三十人の乗客がかんかん照りつける太陽を浴びながら電車を待っている。自分も軒下で時計を見ては電車の来る方を見守るが、仲々来ない。もう八時が近い、どうしたのだろう、皆の視線も同方向に注がれている。たまに来たのは己斐行《こいゆき》だ。癪《しゃく》だなあ、気が気でない。待つこと十数分にして漸く飛び乗ったが、そののろいこと気をもむ許《ばか》りだ。やがて駅前へ着くと、もう汽車は構内に入っている。ひた走りに改札口を通り抜け、地下道の真ん中に差しかかった瞬間、ピカッ、ドーンと響きわたった。耳がツーンとする。「やったなあ」と思いつつ横倒された体に触れて見ると異常がない。やれ助かったと夢中で入口の方へ引き返した。濛々と立ちこめた塵煙《じんえん》で一寸先も見えない中を、やっとの事で改札口に出て見ると、今まで明るく照り輝いていた町は、まるで朧月夜の様である。見渡す限りの家々は倒壊し、駅舎の屋根は吹き飛んで空まで見える。彼方此方から名を呼ぶ声、助けを求める叫び、泣きわめく、右往左往の混雑の波に忽ち呑まれてしまった。汽車は不通だ。家の事が気になるので的場町方へ向かうと、異様な人々が何十人となく黙々としてやって来る。見れば血塗《ちまみ》れになっている者、髪ふり乱したぼろ着の婦人、皮膚をだらりとたらして手先を震わしている老人、破れスカートの女学生等々、全く此の世ながらの生地獄で、その惨状は到底筆舌に尽くすことは出来ない。

急に風は強くなり黒い雨は降りだし、方々から火煙が立ち始めた。

中国新聞社附近はもう黒煙が渦巻いて通れそうにないので、比治山下の電車道へ向かった。路の両側の倒れかけた家、足にからむ電線、吹きつける火煙に、幾度か冷々しながら柳橋を渡って家屋疎開跡に進んだが、火の粉が飛んで来るので危くて叶わない。防火用水池の傍に身を横たえ、防空頭巾を水に湿しては防ぎ、火勢の衰えを待っていた。

だが火勢は益々激しくなる許りで、我が家一帯はすっかり黒煙に包まれている。もう駄目だ、たとえ今家へ行っても手は着けられないだろうと思いながらも、気になる。パチパチ、ゴーの地響きと共に大廈高楼《たいかこうろう》も崩れゆき、市役所の辺りまで手に取る様に見える。約二時間ばかり待避していると、漸く風は凪《な》ぎ火事は遠ざかったので、電車道から大手町へ向かった。我が家附近はまだ燃えているので、長女が勤めている搬送電会社を訪ねたが誰も居ない。千田町の貯金局分室に行き、次女の様子を尋ねたら分からぬという。無責任だと思ったが、この混乱では無理かと引き返した。日赤病院の前へ行ってみると負傷者で一杯だ。若しや家族が居はしないかと捜し廻ったが、見当らない。やむなく一時疎開先の奥海田村の親戚まで行ったが誰も来て居ない。「疲れるから明朝にしては」と言われるのを、どうもじっとして居られないので又広島へ引き返した。九十九橋を過ぎて新国道に出ようとすると、ばったり次女に会った。青ざめた顔して倒れかかろうとする体を抱きとめて、「これから捜しに行くから」と慰め、言葉少なに別れた。通りがかりのトラックに便乗して、我が家附近へ行ったがまだ近寄れない。町内会の避難地は観音村だと聞いていたので、夕やみ迫る街をとぼとぼと己斐まで歩いて行く。まだこれから二里位あると聞き、とてもその辺りまでは逃げては居ないだろうと引き返し、住吉神社の境内に入って休んだ。其夜は見知らぬ人と、板を並べて屋根とし、死体の横たわる中に寝入った。明くれば七日、白みゆく東空を仰ぎながら起き出て、破れた水道管の水で洗面し、急いで我が家の方へ向った。明治橋まで来ると、顔一面白く塗りつぶされた負傷者が、所狭きまで横たわっている。不意に「主人さん」と呼ぶので近づいて見ると、瀬野校の三戸校長だ。「長男です。見てやってください」と涙声。顔はふくれて見分けがつかない。慰めの言葉を残して川岸へ出ると、ここにも無数の負傷者だ。横たわる者、伏している者、お陀仏となった死体。我が母子に似た人のところに行っては名を呼ぶが頭を左右にふるばかりだ。堤へ上ると向こうから弊衣《へいい》に髪ふり乱した婦人がやって来る。隣組の奥さんだ。何分火が早く廻ったのでと当時の模様を話して下さる。不吉な予感を抱きながら、まだ熱い道を踏み越えて我が家の焼跡の方へ向かったが、一面の焼野原で一寸見当がつかない。漸くにして近づくと焼けつきた瓦の上に白骨がある。仔細に調べると正しく妻だ。嗚呼と思わず号泣して暫くそこへうずくまった。

その中話し声が聞こえてくる。隣組の人々も見えている。一人の娘さんが、長女が土手に居ると知らせて呉れたので、走って行って見ると悄然と坐っている。互に生きている事を喜び会ったが、「お母さんは」と問われて返す言葉もなく、白骨の前に額づいて泣くのみであった。真智子もきっと骨となっているだろうと、涙を振って探していると、突然泣き声がする。見ると隣家の姉弟だ。聞けばそのお母さんは身重であったが、梁の下敷きになって動くことが出来ない。五才になる妹が近所の人に助けを求めたので、引き出そうとするがお腹から下が出せない。火は次第に迫って来る。「お母さんはよいから、あなたは早く逃げなさい」と近所の人に頼んで逃げさせ、自分は家もろとも焼死されたという。何と言って慰めてよいやら、その術を知らぬ程であった。それから尚も捜していると、長女が気分が悪いとて地べたに坐っている。急いで境内の水溜に石や煉瓦を置き、その上に焼板を並べて坐をこしらえて休ませ悪くなければよいがと心から念じた。何といっても日陰とては何一つない焼野原、じりじり照りつける真夏の太陽の下では、到底長い作業は無理なので、時々境内で一休みしては、玉の様に流れる汗を拭くのであった。僅か三十坪余りの境内だが、小さい鉄棒一本で掘り返すのだから仲々捗《はかど》らない。時計を見るともう三時を過ぎている。朝から十四時間の労働に、流石《さすが》に疲れたのか目がくらみそうだ。

仕方がない、妻の遺骨だけでもと、かき集めて其下を掘ると、小さい骨が並んでいる。ああ、これが真智子の骨だ。変わり果てた姿に涙をこめながら、白布に包んだ遺骨を抱いて帰途についた。重い足を引きつつ奥海田に着いて見ると、市内に居た姉も重傷で寝ている。口中はただれ言葉さえよく分からず、唯涙するのみであった。

暫く慰めあって郷里中野村へ帰り、翌日茶毘《だび》に附し、数日後親戚や知人を捜しに五、六日間市内へ入った。

一ヶ月位して突然長女が発熱し、四十度前後の熱が一週間も続いて生死不明に陥った。髪は脱け、吐血、斑点、もう駄目かと思ったが、徹夜の看病の甲斐あって約二ヶ月位で快方に向かったので、やっと安堵した。所が今度は自分が中耳炎に罹り、医者は入院を奨める。

しかしそれは出来ないので、通院加療し、約三年半、遂に左耳は聴こえなくなってしまった。憶えば原爆投下は自分の新しい運命の日となったが、言い知れぬ苦難の途を歩み続けて、よくも今日まで生き得たものだと、ひたすら神仏に感謝し亡き人々の冥福を祈ると共に、同じ運命によって結ばれた被爆者は、互に助け会い、二度とこんな悲劇を繰り返させないよう努めねばならんことを、堅く誓うものである。

黙っていることは罪だ

中学校教諭
高山　等

この広島の夏、晴れわたった空。平和で、静かな空気がおおっている。家庭も、職場も、盛り場も、いつものように何ごともなく過ぎていき、そのままいつまでも続いていくかのようである。

しかし、私には、この平和な今日の広島に重なって、途方もなく恐ろしい光景がみえてくる。二十五年前の夏の日、地獄の光景。その日も今日と同じく、美しい、晴れた夏の朝だった。しかし、一瞬の間に、その日は呪いの日に変わった。一九四五年八月六日、広島。

そのとき、私は中学の二年生であった。私たちは学徒動員で、トラック工場に徴用されていた。その朝は、原爆の爆心地から二キロほど離れている修理工場の二階で働かされていた。日が高くなり、暑くなってきた。学生たちは、おしゃべりをしながら働いていた。突然のきらめき。目もくらむ閃光。ものすごい熱気。痛む眼をおさえ、あわてふためきながら、私が逃げ場を求めているときに、爆弾の爆発する巨大なとどろきが耳を打った。それからどうなったか、私は覚えていない。すべてが混乱し、すべてがその瞬間にまったく変わってしまった。

無意識のうちに、私は工場の近くにあったトラックの下に逃げこんだ。私は恐怖にふるえて、そこに倒れこんだ。ずいぶん長く、そうしていたと思う。まわりはまっくら闇で、その闇の中から、建物がくずれる音、人々のうめき声が聞こえてきた。

やがて、私の眼に、人々が逃げていく姿が見えた。私も逃げなければと、トラックの下から這い出した。ぞっとする、恐ろしい光景がそこにあった。建物もなにも、すべてが破壊され、どこでもここでも、人が倒れ、傷つきうごめいていた。皮膚が焼け、破れ、血が流れていた。多勢の人々が、倒れた家の下敷きになっていた。爆発で焼かれて、黒こげになっていた。

このとき、二〇万人の人が殺され、数限りない人々が傷つき、なすすべもなく放置された。人々の姿は、人というよりは、幽霊かお化けといったほうがよかった。生きのびたものも、家族を見つけることはできなかった。死体ももちろん確認できなかった。

ほんのさっきまで、秩序正しく動いていたのに、今は、まったくの混乱と叫喚の世界に変わっていた。今も、何万という遺体がまだ見つかっていない。だれが、どこで、どのようにして死んでいったか、分からない。

あれから二十五年たった今日まで、原爆の後遺症で、年々、人が亡くなっていく。広島と長崎の悲劇を二度とくりかえしてはならない。これが私の願いであり、祈りである。私だけでなく、多くの人が、そのように祈り、訴えてきているのだ。原爆にあって、生き残ったものも日々、絶えず生命の危険を覚え、恐れながら生きている。ガンの症状を呈したり、白血病になったり、悪性腫瘍のために、突然倒れ、亡くなっていく例が多い。そうでなくても、人々の慢性の病気は、直接的にせよ間接的にせよ原爆と関係していることがある。原爆にあった両親から生まれた少年が、七才で白血病で死んだのを、私は最近も聞いた「ぼくはもっと生きたいよお」と、この少年は母親に言いながら死んでいった。この少年の叫びは、私たちみんなの叫びであり、祈りなのだ。昨年の六月十四日に、十七才になる女子高校生が、やはり白血病で亡くなった。ああ、これは人ごとではない。私自身が同じ苦しみを負っているのだ。

一九四五年のあの日、私は十五才の中学生だった。先にも言ったように、仲間の学生と共に、工場に動員されていた。私と一緒に働いていた学生の九〇%は、死ぬか傷つくかした。私は腰を強く打っていたが、奇蹟的に傷をうけなかった。私はやがて元気にスポーツをやり、マラソン大会などでは優勝し、柔道に熱中した。

そして、あの日から十七年たった年の三月、私は激しい腰の痛みを感じた。痛いところを押さえてみると、腰の筋肉に固いシコリがあった。それから一年と四ヵ月、私は多くの医者の治療を受け、あちこちの病院に行ってみた。しかし、医者はだれもはっきりと診断することができなかった。シコリは次第に大きくなるようであった。

ついに、一九六二年、私は原爆病院を訪ねた。そこでいろいろと原爆に関係した診察やテストをされた。何人もの医者があれこれ論議したが、意見がまちまちであった。とうとう、手術をしてみなければ、病気の性質が分からないということになった。そのときまで、私のかかった多くの医者は、心配いらない、すぐに良くなると言っていた。しかし、悪くなる一方なので、私は怖くてたまらなかった。六月二十五日に、原爆病院の入院通知が届いた。入院してみたら、驚いたことに高校時代の同級生が先に患者としてそこにいた。友人は皮膚ガンだということであった。私たちは、原爆の体験と、それによる苦しみを共にそこで分かちあったものだった。

七月二十九日、シコリの一部を切りとる手術を受けた。そして、八月三日、医者が私の病室に来て「検査の結果が出ました」と言った。私は不安な思いにかられた。医者はつづけて言った。「あなたの腰にできている悪性腫瘍は、ガンの一種です。手術して取り除かないと生命の危険があります」

私は、そうすれば治って、また、もとのような生活に戻れるだろうかと尋ねた。医者は、完全に平常の健康をとり戻すことは難しいかも知れないと言った。私は三十二才だった。結婚して、一才になる赤ん坊がいた。この医者の言葉に、私は思い悩み、また、思いまどった。まったく自信がなくなり、どうしていいか分からず、不安だけが私のこころを占めていた。私は気力を失い、うつうつとなった。今でさえも、一応、回復したようにみえるが、私は言いしれぬ恐怖に襲われ、気が沈むのである。私は、家族のものの健康も心配だ。そうして、生命のことや、長く生きたいと考えたりする。あとどれだけ、私は働きつづけることができるだろうか。私はやっぱり死にたくはない。このように煩悶《はんもん》し、恐怖にとりつかれて生きるのは、原爆にあったものの逃れられない運命かも知れない。このように苦悶に似た思いを、その深みまで表現することはきわめて難しい。医者の宣告を受けた日は、私にとって、そのような苦悩の旅の始まった日であった。それは、言い表しようもない、苦痛と不安である。医者の言葉に、私の心はくじけ、孤独と絶望の中に私はくずれおちた。

それから三日後、八月六日は原爆記念日であった。大勢の人々が、原爆病院に見舞いにやってきた。男、女、老人、若者、みんな善意の人々で、私たちを励まそうとしているのだ。そういうことが分かってはいても、私は、実際そのとき、自分のことしか考える余裕がなかった。

慰問客の中には外国人も多かった。しかし、私には、彼らが訪れる理由が分からなかった。何人かずつグループになってやってくる。みな善意をむき出しにし、私はお礼を言わねばならなかった。しかし、私は彼らを憎んでいた。「お前たちの国が原爆を落としたんだぞ」「俺たちのみじめな姿が分かってたまるか」「原爆がどんなものか分かっているのか」「ただ慰めるだけで済むと思っているのか」「自分たちのアピールのために利用しようというのじゃないのか」。そんな思いに駆られるほど、私はまったく捨て鉢な気持ちになっていた。しかし、どうにか、私は沈黙を守り、外国からの見舞い客に対する冷やかな心を押し隠していた。

しかし、よかったことに、私にはアメリカ人の友人がいた。その数年前に東京で知りあったのであった。その家族は週に二回も、航空郵便で手紙を寄こし、私の健康と生活のことを心配してくれた。この友人は、今も、ますます親しく私と良い交わりを保っている。これはただ一人の神を信じる、信仰に根ざす真の友情だと思う。深い感謝を神にささげたい。

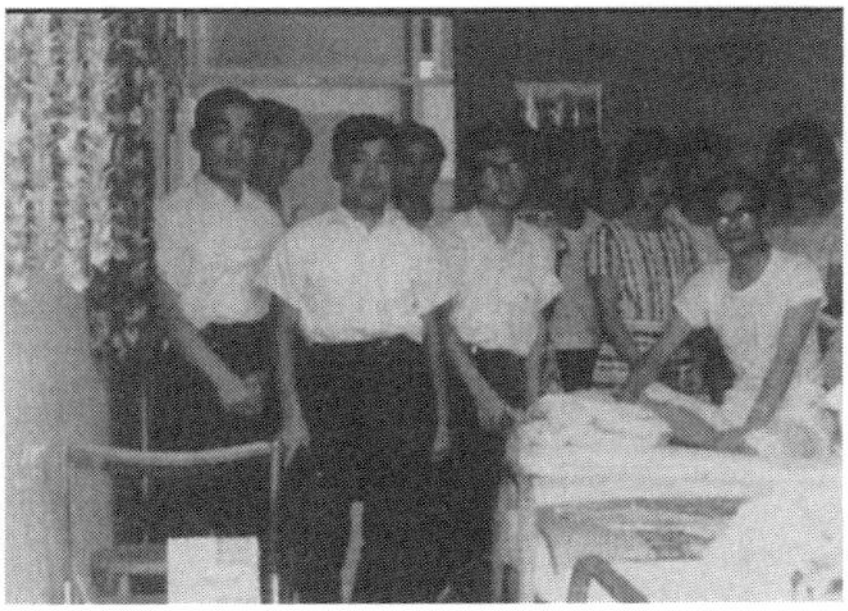

手術の後、私は放射線治療を受けた。そうして退院を許された。しかし、今も、私は疲れやすく、腰が息を吸ったり吐いたりするたびに痛む。この痛みと共に、あの日の記憶がよみがえる。

戦後は、原爆を受けた人々の中にも、そのことを隠そうとする傾向がある。体にやけどの後があり、体の不調を覚えているのに、私も黙っていたのだ。しかし、私はもう黙っておれない。

一九六六年の八月、原爆記念日の前に、私は偶然にＹＭＣＡの会に出た。日本全国から人々が集っていた。そこで原爆の映画が上映され、それについて討論があった。

そのとき、私は、二十五年前のあの日につれ戻された思いであった。二〇万人以上の人々が死に、生き残ったものも、なお苦しんでいる。私は、自分が沈黙していることの中に、私の罪をみた。ヒロシマの声が次第に消えようとしているというのを聞いたとき、そのことが自分の心につきささるように感じた。平和をもたらすために、私もまた、一生懸命に祈り、活動しなければならないと思った。

私はつまらない、ただの一人の男にしかすぎない。でも、私も、平和のために、少しでも貢献し、努力しなければならない。平和への道が平坦でないことはよく分かっている。しかし、原爆のことを証し、二度とあの悲惨さと苦痛を人類が引き起してはならないということを語ることはできるのだ。

私たちは、世界の良心ある人々に、この体験のことを正しく伝え続けなければならない。それが、私たちの神に対する責任であり、同胞に対する責任である。戦争の恐ろしさは知らせねばならない。広島こそ、その最大の証拠ではないか。

戦争は、罪である。もし、私たちが心をあわせて、協力して防がなければ、私たちは滅びてしまう。戦争を防ぐことは、神と同胞の前での義務である。

ヒロシマのうめきに耳を傾けよう。ヒロシマの持つ恐ろしい意味を考えよう。あの日のヒロシマ、そして今日のヒロシマ。私のこころには、二重写しになる。私は心から祈る。人類の将来に、再び、このような恐ろしい日を、苦しみをもたらしてはならないと。

私は「ヒロシマ」を憎む

〜慟哭の原爆忌〜

元協和発酵副社長

若木　重敏

一度退散するとみせて再び飛来、防空壕からでた瞬間を襲った卑劣なトリックを許せない。

＊　＊　＊

一九七〇年六月二十日、一ヵ月余りの忙しい米国出張の帰途、私はハワイに立ち寄った。ワイキキの浜辺に近いホテルで目覚めたのは朝の五時。きょう一日は、ホテルで出張報告をまとめ、明日は日本に帰る予定である。私はベッドに寝そべり、五時半から十時ごろまで報告を書きつづけた。

窓外には熱帯の陽光がさんさんと降りそそぎ、椰子の葉がそよ風にそよぎ、白亜の数十階建のホテルが青空にそびえている。窓を開け放つと、暖かい、しかも湿り気の少ない風が頬をなで、ワイキキの浜辺のかすかなざわめきが伝わってくる。目をあげると、蒼い蒼い空がひろがり、そこには小さな巻雲が浮かんでいた。

窓から首を出して青空を眺めていた私は、ふと名状しがたい一種の不安な気持におそわれた。

電話が鳴った。ホノルル駐在の二瓶さんの奥さんからである。聞けば、今からお客さんを真珠湾やパイナップル畑などに案内するので、私も参加しないか、というお誘いである。私は、出張報告をまとめなければならない旨を答えて電話を切った。

真珠湾——二瓶夫人がそのことばを口にしたとき、私は、ハワイの空をみながら感じていた漠然たる不安の謎が解けたような気がした。「真珠湾」は私に、第二次世界大戦の開始を思い出させ、それは、また大戦の終結となった広島の原爆の閃光と結びつき、その原爆の中で私が偶然生き残ったこと、その生き残りの要因となった数個の白桃のこと、その白桃を私にくれた当時女子挺身隊員だった岡田さんのこと、その岡田さんが今看護師として働いているこのパール・シティのこと……連想が見事に環をなして連なったからである。そういえば、今日のこのハワイの蒼い空と白い巻雲は、二十五年前によく寝ころんで眺めた広島の空を思い出させる……。

虚無的な楽しみの日々

思い出は今から二十五年前、昭和二十年にさかのぼる。

私は、当時海軍の技術士官として、呉の海軍工廠の砲熕《ほうこう》実験部弾薬科に勤務し、そこの理化学班の班長であった。

砲熕実験部というのは、第二次世界大戦中、海軍の火砲関係の新兵器研究の主力となった研究機関である。

開戦当初、対空兵器として活躍した花火形に弾片のとび散る三式対空弾（これは「陸奥」自沈の原因となったといわれるものだが……）、米国の潜水艦を脅かした対潜弾、ソロモン諸島で米空軍基地に落とされた時限爆弾、硫黄島で米軍を手こずらせたロケット弾、あるいは戦車用の棒地雷や「特攻夕弾」という特殊兵器、上陸用舟艇防御に威力を発揮した三式迫撃砲信管など、数多くの兵器がここから生まれたのであった。

私の担当していた班は、技術担当の士官が私のほか和田大尉と飯村大尉、それに技手が四人、工長四人をチーフとする約四十人から成っていた。そして新兵器に必要な特殊火薬、無ガス導火薬、起爆薬、化学時限装置、曳光爆光薬、簡易ロケット推進薬など主として火薬関係の基礎と応用を担当していた。

昭和二十年のはじめ、この理化学班の半分が、広島文理大学の中の物理・化学実験室に疎開することになった。戦況が悪化するにつれて、呉軍港への空襲がひんぱんになり、仕事がやりにくくなってきたことと、広島文理大の数学、物理、化学の教授の方々が、積極的にわれわれに協力してくださる態勢をとられたこと、またわれわれも教授の知識を借りたかったことなどが移転の理由であった。そして、私は、その分遣研究所のチーフということで、主に広島に通うことになったのだった。

正直にいって、当時の私は、私たちの研究に誇りを感じていた。研究は研究として楽しかった。その楽しさというのは、不思議な虚無的な楽しさであった。そこはかとなく感じるその虚無的な感じは、その研究が人を殺すための兵器の研究であることに起因するらしいことには、自分が原爆を経験するまでは気がつかなかった。

巨大な閃光が……

そのころの私の住まいは、広島市から電車で二十分ほどの廿日市にあった。それまでは、広島市内の中町にある海軍士官宿舎（爆心地より五百メートル前後にあり、原爆で跡形もなくなった）に泊っていたのだが、妻が京都で出産して帰ってきたので、土地の有力者の好意で、その家の二階の部屋を借りうけ、海軍軍医夫妻と部屋を分けあって住んでいたのである。

原爆の投下された八月六日の前日、五日の晩は、私と私の部下である下東という工長の二人で宿直のはずだった。宿直の準備をしているところへ、部下の島田技手がやってきて私にいった。

「先々週、私の結婚後のはじめての里帰りのため、若木大尉に宿直を代っていただきましたから、今晩は私にやらせて下さい」

「そうだったかな。新婚早々の君の奥さんには気の毒だが……。じゃ帰らせてもらっていいかな。明日は午後、呉で火薬原料の自給策についての打ち合わせ会があるから、出発前にちょっと相談したいし、朝は大学の実験室の方で待機していてくれ」

私はそういって島田技手と別れた。家に帰って夕食をすませたとき、妻がいった。

「あなたの部下の女子挺身隊で、岡田さんという方がいらっしゃるんですか」

「うん、いる。一番若い隊員で、たしかハワイ育ちだとかいっていたなあ。それがどうしたんだ」

「その岡田さんの伯母様が、今日これを持ってきてくださったんですよ。珍しいでしょう」

妻はそういって、大事そうに大きな見事な白桃の入ったカゴを差し出した。

「でも、あなた、いまおなかをこわしているでしょう、どうなさいますか」

「大丈夫だよ。こんなものには滅多にお目にかかれないんだから。それにおなかの方もそれほどは悪くないし……」

私はそう答え、その見事な白桃を一つ二つむさぼるように食べた。味はややすっぱく、少し甘く、それに硬い歯ごたえのあったことを今も覚えている。

岡田さんの伯母様がくださったこの白桃が、私の生命を救うことになろうとは、神ならぬ身の知る由もなかった。

五日の夜半、私は突然の胃けいれんに襲われた。疑いもなくあの白桃のせいである。私は腹を押えて呻吟しながら、寝床の上を輾転《てんてん》とした。早朝から悪いと思ったが、同居の生垣軍医少佐を起して診察をたのんだ。診断は「胃けいれん」。生垣少佐は、当時はもう貴重品になっていた痛み止めの注射をうってくれた。私はうめきながら、やがて、うとうとと眠りこんでいった。(いま考えてみると私が五十何年かの人生で胃けいれんを経験したのは、この時一度だけである。何か〝仕組まれた運命〟という感じをうけるのは思いすごしであろうか)

ふと目が覚めると時計の針が八時をさしている。腹の痛みは忘れたように消えている。私は昨夜の島田技手との約束を思い出した。

「今日はどうしても広大の研究所で打ち合わせをして、呉に行かなければ……」

私は起き上って、私の容態を気遣う妻の声を背に顔を洗い、ズボンに足を通した。

そのとき、私は広島と直角の方向の、木々の緑が暑苦しいほどにあざやかな中国脊梁山脈の峰々を一瞬眺めていた。

ちょうどその時、窓の正面の一番高い峰の頂上から少しさがったところにある濃く繁った杉林の付近に、稲妻のような、しかももっと明るい、そしてはるかに大きい、まぶしいばかりの閃光を認めた。その光は、写真を撮るときのマグネシウムのフラッシュのようでもあった。しかし、写真のフラッシュよりはやや長く続いたように思われた。

「こんな晴天だというのに稲妻というのはおかしいな」

私はふりむいて妻にいい、もう一度ゆっくり前を向いて山をながめた。その間二十秒ぐらいだろうか。

突然、後方からガラス戸をこわし、襖を吹き倒して、耳を聾するような爆発音とともに、強烈な爆風が襲ってきた。私は反射的にぱっと伏せた。

「畜生！　爆弾だな、近いな!!　次の爆弾は……」

私は伏せながら考えた。今までの経験から爆撃なら一発爆発すれば、数発は続いて爆音が響くのがふつうである。十数秒たった。第二弾の投下された気配はない。ひょいとそばを見ると、妻は蒼白な顔で、身をもって生まれて間もない子供におおいかぶさったまま、身じろぎもしない。

「おい！　子どもをつれて防空壕に入れ！　俺は出かけてくる！」

妻へどなって、私はゲートルをつかんだまま中庭にとび出して空を仰いだ。だが、敵機の姿は見えない。庭の高い屋根に囲まれた空間からは、いつもと変らぬ広島の夏特有の蒼い蒼い空が静かに澄みわたっているだけである。

敵機の爆音も聞こえない。「おかしいぞ」私は鳴きながらとびまわっている鶏の群れを追い散らし、わめきながら右往左往している子供たちの間を走りぬけて表通りに出、爆風がきたと思われる方向へ走り続けた。

血とわめきの河

火薬の爆発なら私の得意中の得意の分野である。爆発現象の研究が自分の専門分野であるばかりか、爆撃された経験や、爆弾を実験的に爆発させた経験も何度かある。

「この程度の爆風なら、落ちたのが一トン爆弾としてもそう遠くに落ちたはずはない。爆心までの距離は百メートル見当かな」

と思いながら私は走った。

「おかしいぞ!」もう一度私は同じことばをつぶやいた。いくら走っても家々の窓ガラスの破損の程度は同じくらいで、一向に爆心地に近づいたとも思われない。また不思議なことに、多くの家々の二階の窓ガラスは傷んでいるのに、一階の窓ガラスは傷んでいない。そのコントラストがはっきりしすぎている。

さらにおかしいのは、爆心方向だと思われる方角から駆けてくる人々も、爆弾がどこに落ちたのかを知らぬことである。人々は大声でどなりながら走ったり、群をなしてガヤガヤいったりしてただ混乱しているばかりである。

中国山脈の光と爆風は関係があるのかわからないが、なぜ光った方向の直角の方から爆風がきたのだろう。それに光を見てから爆風を感ずるまでの時間がありすぎる。まったくおかしいことの連続である。

私はとりあえず国鉄の廿日市駅にかけつけた。

「汽車は不通です。広島駅とも己斐《こい》駅とも連絡がとれません」

駅員も何が何だか分からず、おろおろしながらの応対である。私はやむを得ず方向を変え、広島と宮島をむすぶ通称「観光道路」に走りだした。

そこで私ははじめて広島の空を見た！　町の上にたなびく白雲の下に、入道雲のようにむくむくと黒い煙がわき上っている。その異様な雲を見て、不吉な予感に私は慄然とするばかりであった。

「トラックでも通らないかな」と思いながら見回すと、運よく警官を乗せた小型自動車が通りかかった。手をあげて便乗を頼むと、快く承知してくれた。小型自動車はハイスピードで広島に向けてもうもうと砂ぼこりをたてながら進んだ。

五日市を経て広島に近づくにつれて、その被害状況は激化してくる。屋根の瓦は、爆風のため波状に変形し、全体が傾いた家の数も次第に増加し、雨戸、障子、ガラス戸、立木、塀などの被害も目に見えてひどくなってくる。

草津の町をすぎるころ、はじめて広島の町からあふれ出て流れてくるおびただしい避難民の群れに遭った。血まみれで、呆然として我を失ったような表情の群衆が、真夏の太陽に暑くやけついたアスファルトの路上を、裸足で押しあいへしあい、流れるようにやってくるのであった。ひとことでいえば、それは血とわめきの河のようであった。

手首が鎌のようにへし曲がった腕を、もうひとつの腕で抱えて、泣きわめきながら通る少女もあり、顔も身体も真黒な油を浴びたように焼けてむくんだ男が、ほとんど裸体で杖をつき、動かぬ足をひきずりながら皆に遅れまいとあえぎあえぎ歩いてくる。ガラスの破片を一面に浴びたのだろうか、血だらけの顔から血を滴らせよろめき歩いていく男もあった。

牛の生肉をかついでいるのではないかと思われるほど背中の赤い肉をさらしながら歩いてくるものもいた。群衆の中に子供の顔を見かけないのは、子供では逃げきれないようなひどい打撃があったからだろうか。

広島の方からくるトラックにも何台か出会った。行き違うトラックは、これらの血まみれ、泥まみれの人々をこぼれるほど満載していた。己斐に近づくにつれて電柱や塀が倒れ、これ以上自動車をすすめることができなくなったので車を捨てた。路上には立木が倒れ家がつぶれていて道らしい道もない。

私は、広島の西玄関である己斐駅の近くの半潰した小高い家の屋根によじのぼり、はじめて広島の町の全貌を目にとらえた。

倒壊家屋の列が、海辺の波頭が連なるように東にも北にも見渡すかぎりうねうねと続いているのが見えるだけで、町は早くもただの瓦礫の巨大な塊に変わっていた。空気はかわき濁って、あちらこちらに煙と炎が上っている。

これが、あの美しい太田川、猿猴川《えんこうがわ》、京橋川につらぬかれ、比治山、江波山、仁保山などに囲まれた水と緑の澄みきった大気の町、あの思い出の広島の町の断末魔の姿なのだろうか。

「物」になってしまった人間

車に同乗してきた警官と一緒に広島の中心部と思われる方向めがけて、くずれた屋根や石塀、水槽、電線をのりこえて無茶苦茶につき進んだ。町のあちこちにちらちらしていた小さな炎は、時間がたつにつれめらめらと燃え上り、煙が低くたなびいて道を覆って迫ってくる。うまく炎と煙を避けないと、まきこまれてしまいそうになる。

ようやくにして川辺にでた。そこから橋までの間は猛烈な煙だ。息を殺し目をつぶって必死に走り続けやっとコンクリート橋にたどりついた。橋を渡り川岸に沿って川下に下る。怪我人が川辺に群れ集まっている。われわれの姿を見ると、

「海軍さん、おまわりさん、どこか安全なところへ連れていってくださあい」

「助けてください」

「救護隊はまだきませんか?」

と口々に訴える。誰もがすがりつかんばかりの表情である。とにかく家の少ない川下へいった方がよさそうに思われたので、比較的元気でこの辺の地理に詳しそうな青年をつかまえて相談し、歩けるものだけでも川下の方に連れていってくれるよう頼んだ。

ここで私は警官と別れて一人になった。そのころから黒雲は頭上いっぱいに広がり、まるで夕方のように暗くなった。一瞬にして猛烈なにわか雨になる。黒雲をつらぬいて稲妻がたえまなく光る。雨のため、服はずぶ濡れである。(原爆雲からの黒い雨をあびて、その中に含まれる放射能のため多くの人々が死んだという報告を後に新聞で読んでひやりとした。私の場合、その後、特別の影響が現われなかったことを思うと、あれは放射能のあまり強くない雨だったのだろうか)

やがてふたたび川岸に達したが、今度は燃え狂う炎のためにどうしても橋にたどりつけない。そのとき偶然にも陸軍の船舶部隊のマークをつけた兵長といっしょになった。ちょうどこちらの川岸に空舟をみつけたので、二人で乗りこんで川の横断を試みる。引き潮で流れはかなり早い、ちょっと漕ぎ出したとき、岸の人々が川をさしながらどなるのが聞えた。

人々の指さす方を眺めると、黒いものが流れてくる。舟を進めてみると女性の死体であった。

上半身裸体、黒い海草のような毛髪を水に漂わせながらうつぶせになって流れてくる。

「あそことあそこにもいますよ」

兵長が指さす。近づくと、歳のころ十二、三歳の男の子が、前に広島市民に配給になったという孟宗竹の浮子《うき》につかまって、顔をやっと水面に出して漂ってくるのだった。

舟を近づけ、兵長と二人で両方から少年の上膊《じょうはく》をつかんで引き上げる。真裸で、胸の前と腹の部分が腐った魚の皮のようにぬらぬらとふくれ上っている。引き上げるとき、舟べりにすれた部分の皮膚がつるりとむけて、赤い肉が露出する。顔は重油を浴びたときのようにてらてらと黒ずみ一面のやけどである。意識はなく、浅い呼吸とがつがつという深い呼吸を交互にくりかえすだけである。岸にひき上げ草の上に横たえたが、どうすることもできない。

川を見ていると、次々に死体や瀕死の重傷者が流れてくる。

「仕様がないですねえ、こんなに多くちゃ」

兵長が投げ出すようにつぶやく。いまはもうただ腕を組んで流れてくる人々を見ているだけである。

慣れるということは恐ろしい。厳粛であるはずの人間の死に直面しても、いまはもう何の感動もわかない。そんなとき、死にかけている人は人間ではなく一個の物体となり、それと同時に、それを眺めている人も人間性を失い、人間ではなく「物」になってしまうものらしい。考えてみれば悲しいことであるがこれが人間の本性というものなのだろうか。

しきりにのどがかわく。思い切って川の水を飲む。生ぬるい。そのとき、ふと、昨夕のあのみずみずしい白桃のことが私の脳裏をかすめた。

私はそれから川岸に腰をおろしてしばらく休んだ。周囲の狂乱のなかで、ヒザ小僧をかかえながら、この不思議な爆発現象を、火薬と爆発爆燃《ばくねん》の専門家のひとりとして、自分なりに解釈しようと我を忘れて考えこんでいた。

爆発物の正体は何か

最初、廿日市の自宅で爆風を受けたときには、近くに爆弾が落ちたに違いないと考えた。しかし、それは間違いで、広島市に爆発が起ったことはいろいろな状態から容易に想像された。しかし、市内に入りこんで人々の話を聞くまでは、市内のガスタンクか、近くの火薬貯蔵庫の爆発があったのかも知れないとも考えていた。しかし、人々の言葉によって、爆発がそのような類のものではなく、空中のいわゆるピカドンのせいらしいことを知らされた。……専門家のはしくれとして考えてみると、そのピカ（閃光）とドン（爆風爆音）とをあれだけはげしく、しかも同時に発生させうる火薬の存在はちょっと考えられない。原因は米国の爆撃機が落とした爆弾であることだけは想像できる。

……しかし、普通の爆弾なら、地上に落ちてから爆発する。すると爆風は、真横あるいは斜め下から来るはずである。だが、たまたま爆心地から二キロぐらいのところで見た破れたコンクリートの壁からつきでている広い先端をもったごく薄い中空の鉄棒が、爆風により一様に斜め下の方向に曲っている。それによって爆風のきた方向を想定すれば、爆風の中心は地上ではなく、上空にあるということになる。

しかし、今までの何百回にのぼるB29の日本都市爆撃で、空中爆発をした爆弾の例は焼夷弾以外はあまりない。するとこの爆弾の空中爆発は、爆弾として異例のものに属するということになる。人身殺傷を目的とする野戦の場合なら別だが、通常の爆弾による都市建物爆撃なら、着地爆発の方が空中爆発より破壊力が強い。それなのに、あえて空中爆発をおこない、しかも都市破壊にこのような威力を発揮しているのはなぜか。

それに人々のやけどの状態も変である。一番重症らしいのは、炭化した一見なめし皮状のやけどである。これがやけどであることは、シロウトでも疑う余地はない。問題は、例のまるで油を浴びたようなやけど（?）である。この種のやけどは実に数が多い。

そして、彼らは、なぜかわからないが、皮膚が変になったのはとにかくあのピカドンのせいだと思っているらしく、炎のせいでやけどしたとは思っていない。事実、彼らの多くは、炎にはあっていないというのだ。

私は、いつか文献で読んだ油性爆弾のようなものかとも考えた。油が皮膚について燃えた人は炭化し、油がうまく燃えなかった人が、油を浴びたようになったのかしらと……。しかし、こんなに多く油が燃えないで残っているようでは不完全燃焼であって、それではエネルギーの放出が充分でなく、爆発の威力が出るはずがない。

つぎに、私は焼夷弾に使われた黄リン散布爆弾の一種かと考えた。この種の黄リンを使った兵器は、過去にもたくさんある。

黄リンは空気にふれるとチョロチョロと小さな炎を出して燃え立ち、燃えかすはリンの酸化物になる。リンの酸化物は強い腐食性をもっているので、皮膚にやけどに似た変化を起こすであろう。また、そこに生ずる酸化物は、きわめて吸湿性をもつはずだから、それらが皮膚につけば、その吸湿性が前にのべた腐食性といっしょになり、ちょうどやけどした人々の皮膚のようになるかも知れない。黄リンはネコイラズにも使われる猛毒である。被害者たちのいたいたしさは、やけど以外の何かの毒物の影響を予想させる。

私はしばらく黄リン爆弾にこだわった。しかし、考えてみれば、黄リンは爆風を発しないのが特徴である。黄リン爆弾では、あの強烈な爆風を説明できない。

イペリットのような毒ガスで、すごい酸化力をもった爆弾だろうか。皮膚のやけどはそれで説明がつく。しかし、毒ガス爆弾なら人が物陰にいてもやられるはずだ。だが、物陰にいた人間は火傷をうけていないし、陰になった部分の材木は焦げていない。このことからみて、原因は直進するものであって、ガスを考えるのには無理がある。それに毒ガス弾では肝心の閃光も爆風も説明がつかない。

こう考えてくると、やはりやけどの原因は例の閃光自身だと考えるのが合理的なようである。白布をかぶった部分だけがやけどをしないことなども、明らかに光または熱線を予想させる。強烈無比な閃光なら直進して、その輻射熱で、一瞬にして物を焦がすこともできよう。そのやけどの強さ程度で、なめし皮状になったり油状になったりすると仮定すれば、すべて説明はつくのである。

笑いさざめく少女たち

しかし、問題は、そのような強い熱線を伴う閃光を出しうるものが、世の中にあるのだろうかという点である。

私は今まで照明弾光薬や曳光薬の研究をやってきた。しかし、私の知る限りでは、たとえばアルミニウムやマグネシウムのような純軽金属末を、硝酸塩や過塩素酸塩などと混合して瞬時に爆発させると、こんどの場合に近い最も強い閃光をだす。しかし、そのような閃光には、相当の距離をおいてなお物を焦がすような強い熱線を伴うエネルギーはないはずである。さらに金属アルミやマグネシウムのフラッシュの特徴は、そこに生ずる金属酸化物が気体ではなく固体であることである。したがって、普通の爆弾以上に強い爆風の原因となる可能性はきわめて少ない。もっとも硝酸塩としてそれ自身爆発性の強い硝酸アンモンを使い、軽金属粉で強化すれば、あるいは光と爆風がいっしょにでて、爆風も案外強いかもしれない。しかし、それで予想される閃光と爆風の強度は、きょうのこの現実のものとはケタが違うほどに小さいに違いない。

とにかく爆撃機数機で、いかなる形にせよこれだけのエネルギーを運べるはずがない。当時の火薬専門家としての私の爆薬・火薬の知識で考えることができたのは、ここまでであった。

私は瞑想からさめて立ち上った。相変らず夏の陽は限りなく暑く、黒煙と炎はバリバリという音を立てながら迫ってくる。

私は研究者としての猛烈な興味にかられて、爆心地と思われる方向へとにかく行きつきたいという衝動と、一方、仲間が死にかけているかも知れない広島大の研究室の方へ行かねばならないという帰巣本能ともいうべき気持とで一瞬まよった。

しかし爆心方向からは炎と煙がジリジリと迫ってくる。重傷者たちは、狭い道を押しあいながら切れ目もなく流れてくる。歩けずにあきらめた重傷者は、道の中央に折り重なって倒れる。爆心方向には進むにも進みようがない。ついに私は爆心地に近づくことをあきらめて、広島大の研究室に一刻も早くたどりつこうと決心した（私はこのとき「どうしても爆心地にいきたい」という結論をださなかったことを、いまはほっとした気持で回顧している。ひとりで爆心地調査を強行していたら、放射能のために、二十五年後の今日、このような手記などを書くまで生命は残っていなかったはずである）。

私は炎をさけるために川下にずっと下って大きく迂回しようと考えた。やがて、川下のごみっぽい飛行場に出た。戦闘機一機が、爆風のため操縦席の後方で「く」の字型にへし折れ、かすかにくすぶっている。人々は軽侮《けいぶ》の眼でこの飛行機を横目にみて通りすぎる。川下もこの辺までくると、人も家屋の被害も比較的少ない。この飛行場のそばの道で、私はきちんとした服装をし、きれいなリュックサックを背にした元気そうな少女たちの一群に出会った。

彼女たちのまわりには、ちょうどハイキングにでもでかけるときのような明るさが漂っている。低い笑い声さえ聞こえる。私はその笑い声を聞いてぎょっとした。

「あなたたちはやられなかったんですか」

私はすれ違うときにこうたずねた。

「ええ、私たちはいったん空襲警報解除になったのを知らないで、防空壕に残っていたんです」

という返事が返ってきた。この混乱の広島市内でケガをしていない人をみれば、「あなたはあの時、防空壕の中におったでしょう」といってもよいくらい、防空壕の防御力は強かったのである。彼女たちはこれから郊外の家に帰ろうとするのだろう。地獄のようなこの町のなかで、まったく無傷だということは、どんなにうれしいことだろう。深刻な顔をしておれないのが若さというものだろうか？

しかし、笑い声を聞いたとき、一瞬、私は心のなかでその軽薄さを許しがたく感じたことを覚えている。（二十五年前の私の手帖には、たしかにこの女性群に出会ったことが書きとめてある。しかし何とも不自然な状況で、何度か私は懐疑的になった。ところが、この手記を書こうと思って、原爆体験集『八月六日を描く』という本に目を通した。すると、自殺した被爆詩人原民喜が書いた『夏の花』の中に「川岸にでる藪の所で、私は学徒の一塊に出会った。工場からにげだした彼女達は一様に軽い負傷をしていたが、いま眼の前に出現した出来事の新鮮さに戦《おのの》きながら却って元気そうに喋りあっていた」という描写に気がついた。「笑っていた」とは書いてないが、その他の状況は非常に近い。やはり実際にこのようなことがあったのであろう）

巨大な地獄の釜の前で

飛行場を通りぬけて、つぎの川べりにでる。ここからもう一度川に沿って上り、千田町に通じる橋を渡る。橋のたもとにも、やけどをした人々が丸太を並べたように群をなしてころがっていた。

このころから、陸軍の船舶部隊の救護隊が次々とトラックで乗りつけて救護活動を開始した。ぼんやりと怪我人や救護班の活動をみていると、私の軍服の上着の端をつかまえるものがある。あわててふり返り手で払いのけてみると、七、八歳の裸の女の子である。私に手を払いのけられた女の子は、ひょろひょろと向きを変え、道を通る人にすがりつこうとしている。

「かあちゃんが死んだよお……、かあちゃんが焼け死んだよお……」女の子のしゃがれ声が耳をうつ。通りがかりの男を自分の父親と間違うのか、「とうちゃん！　とうちゃん」とすがりつくのである。しかし、私をふくめて誰ひとり相手にするものはいないのだ。

顔の半面ひどいやけどをした若い女が、疲労困憊の態で、橋の欄干に寄りかかって、みるともなく川の流れに目を落している姿も目に入る。まるで四谷怪談の「お岩」そのままである。「ひどい！」そう思いながら私は通りすぎざまふり返って、彼女のやけどしていない顔をみて驚いた。そこには白蠟のようにすき通った肌の、彫像のように端正な美女の顔があった。「凄艶《せいえん》に冴えかえっている」と二十五年前の私の手帖に書きとめられている。

わき立つような混乱のなかで、彼女は異常なまでの静かさで立っている。彼女を見つめていると、底知れない虚無の冷たさのなかにこちらまでが吸いこまれてしまいそうになる。あの閃光と爆風が、彼女の顔半分の美しさとともに、自分が生きている人間であるという意識さえも吹きとばしてしまったのだろうか。

驟雨《しゅうう》を降らせた黒雲が大きく切れて、夏の陽がかっと照りつけてくる。ひとしきり熱風と煙が渦巻く。漂ってくる死体の焼ける匂いと耳にあふれる悲鳴と泣き声……まるで巨大な地獄の焼き釜の前にでも立っているような気がする。

橋の欄干にもたれている娘をみてから、「語らざれば、憂いなきに似たり君が瞳」というどこかで記憶した詩の一節が、こわれたレコードのように、何度も何度も意識にうかんでくる。気が変になりそうだ。自分の感情が異常なまでに興奮して、不規則に感傷的になっているのに気がつく。私は、その興奮と感傷をふり払うように、頭を左右に振り、両手で叩いて気をとりなおし、広島大研究室にむかって小走りに走り出した。

ようやくめざす広島大の前の通りにでた。文理大の前方に建っている木造の高等師範学校の校舎は八分通り燃えつき、くずれんばかりである。

その炎の中をくぐり抜けるため、私は防火用水を何杯か頭から浴び、ゴザを水にひたして頭にかぶり強行突破を試みた。しかし、どうしても煙にむせ、炎の熱さに耐えきれず途中で引き返してしまう。私はヘトヘトに疲れてしまった。

私は、広島日赤病院の横にある貯金局の出口のところに立ったまま、火勢の衰えるのを待つことにした。

眼の前には、貯金局の中から吹きとばされたと思われる貯金通帳や為替が、一面に散らばっている。ふだんなら大さわぎになるところだろう。しかし、いまは路上の貯金通帳などに目をくれる人間はひとりも見当らない。こんなときこそ、人間に必要なものは何かということがわかるのかも知れない。

突然、「若木大尉」と私の名を呼ぶものがいる。ふり返ると、京大からの学徒挺身隊員として研究補助をしてくれている早田君であった。鷹揚で明るく、いつも笑っている感じのよい青年であるが、今は血まみれの頭を白布に包み、顔、手、背中は、一面にガラスの破片をあびて真赤である。いま初めて生きている自分の部下に会えて、私は言葉にいい表わせぬ感動を覚えた。

早田君の話によると、第二実験室で閃光をあびて気絶し、私の部下である血まみれの和田大尉に助けられた。和田大尉と早田君は事務室で、建物の下敷きになった女子挺身隊員の岡田さんをみつけ、皆で救出したのだという。私は早田君にとりあえず廿日市の私の家に行くよう指示して彼と別れた。

ぼくたちも〝戦死〟でしょうか

文理大の作業場に入り、状況を確かめたいと思った私は、歩いて通れる道を選び、大きくまわって高等師範のグラウンドに着いた。しかし、ここでも煙が激しく目的を達することができない。考えあぐねた私は､グラウンドの松の木の下にたたずんで炎と煙に包まれた大学を眺めていた。突然、足もとから声をかけるものがある。みると、中学二､三年ぐらいの少年がまっすぐに仰向けになって目をつぶっている。

「水をください」

声も弱々しい。手足にひどいやけどをしている。ひどいやけどに水を飲ませてはいけないというのが定説だが、何時間も夏の太陽に照らされたものに水をやらないわけにもゆくまい。私はゴミ捨場の横に落ちていたクリームのあき瓶を拾い、目の前の小川の水をすくって飲ませた。

「あんまりたくさん飲んじゃダメだよ」

「もう一杯ください」

実にうまそうに飲みほしてから、私の軍刀の音に気がついたのだろうか、少年はたずねた。

「兵隊さんですか。海軍さんですか」

「うん、海軍だよ」

「ぼく、目が見えないんです。足も動かないんです」

「元気をだすんだよ。救護隊がすぐそこまで来ているからね」

「いいんです。いいんです。ぼくはどうせ助からないんですから」

そして少年はこう付け加えた。

「海軍さん、ぼくたちも戦死ということになるんでしょうか」

私ははっとして息をのんだ。すぐに答えることができなかったのだ。

私は大学の方をむき、少年の横に腰をおろした。組んだ両腕の上にぽたぽたと水が落ちた。雨でも水でもなく、自分の涙であった。泣いていると気がつかないのに、涙がひとりでにあふれていたのである。私はそのときはじめて知った。肉体だけが精神の自覚とは別に、何物かに耐えきれないで泣き出してしまうことのあるのを……。

私はその少年に何と答えたか、いまは覚えていない。毎日毎日、特攻隊が出撃していく時代であった。歴史の中に死をもって小さな花を刻みつけることのみが生き甲斐であると、皆が必死になって考えていた時代であった。

最近の若い人たちには異常と思われるかもしれないこの少年の質問だが、現在四十歳前後の年輩の方には、あの歴史の一瞬が持つ深い悲しみがおわかりいただけるのではないだろうか。

私は、しばらくその場に目を閉じたまま腰を下ろしていた。ふと気がつくと、広島大は大分下火になってきている。私は、もう一度校庭突入を試みてみようと立ち上った。

「救護隊がくるまで生きているんだよ」

私は少年に心の中でそう呼びかけて、そのそばを離れた。

広島文理科大学本館　川本俊雄氏撮影／川本祥雄氏提供

前回と同じように、水を何回も浴びて、水びたしの上着にゴザをかぶれるだけかぶって、煙の道を走りぬけた。軍服は焦げつかんばかりにかわき、火の残っている土を踏む靴の中は文字通り灼熱の地獄だった。靴をぬいで何度か足を冷やしながら、やっとめざす研究室と作業場にたどりついた。

しかし、研究室はほとんど燃えつきて、崩れ落ちた残骸がうずたかく重なり合って、短い炎を吹き上げている。この下に尋ねる人々の死体があるのかどうか、いまは確かめようがない。きてはみたが、火の消えるのを待つより方法がないので、いったん、煙のうずまく校庭をぬけだそうとした。

そのとき、意外にも校庭の真中に、椅子に腰を下ろして黙然と腕を組んでいる人影をみとめた。近づいてみると、大学の防衛本部を担当しておられる竹中教授であった。顔の半分にケガをしておられる。

「ご無事でしたか」

という私の問いに、

「ええ、火を消そうと思って皆といっしょにがんばったのですが、この有様です。しかし防衛本部の一部屋だけはやっと守りぬきましたよ」

守るべき本館が焼けおちて、ただひとつ防衛本部室だけが残った。防衛すべき本体は何もなくなってしまった。先生がそのことに気づかぬはずはない。無念と自責の念が、先生をしてただひとり危険な校庭にとどまらしめたのではないだろうか。

一時間ほどして、広大本館が燃えつき、火が下火になったころ、部下の飯村大尉や四、五人の学生がかけつけてきた。私は竹中教授とも相談して、構内にいる未収容の負傷者を手わけして捜し、日赤に送る準備を始めた。救護活動が軌道にのったとき、教授は「それではお先に失礼して、私は家に帰ってみます」といって去られた。

それが私の見た竹中教授の最後の姿であった。十数年後、私が広島大を訪れたとき、その先生の名を記憶している人もなかった。ある人がようやく思い出し、教授がその後、原爆症で亡くなられたこと、家族も全滅されたことを教えてくれた。

教授たちの遭難

人々は幾組かにわかれて構内をパトロールした。大学本館の入口の左側には倒れた彫像のように乗馬靴をはいて太いバンドをしめた頑強な体格の男が、両手をいっぱい宙にむけてつきだしたまま死んでいた。バンドのさびた真鍮の認識票には「砲兵少尉　渡辺」と刻まれていた。

たくさんの白骨死体がほとんど各部屋に見出された。椅子に腰かけたまま吹きとばされ即死して焼かれたものらしく、倒れた椅子に腰かけたままで白骨になっているものもある。手にナイフのようなものをつかんだまま、机の上に身を伏せたと思われる形で、白骨になっている死体もある。私のあとについてきた国民学校の職員らしい人が、これは石井さんだ、あれは長山さんだ、と一つ一つの白骨体をさしていう。

国民学校の裏にまわると、コンクリートの小屋の中に井戸がある。井戸の中をのぞいていた学生が「井戸の中に誰かいます……」と叫ぶ。

学生数人がひとりの男を井戸からひきあげている。ひきあげられた男は、全裸で頭が押しつぶされ、頸の肉が引きちぎられたようになり、動脈か神経かわからぬ筋が露出してどくどく脈動していた。うめき続けているが意識はない。学生のひとりがその男の顔をのぞきこんで、

「この人は高橋（悦郎）先生ですよ。爆撃直後は一生懸命消火に頑張っておられたようですが、逃げそこねてこの井戸の中に逃げ込まれたのではないでしょうか」

五、六人の生徒が、高橋先生らしき人をタンカにのせて日赤へ運ぶ。

時間がたち、人が集まるにつれ、いろいろなニュースが耳に入ってくる。

悲惨をきわめたのは、広島大が誇る波動幾何学の本拠、理論物理研究室での岩付教授と細川教授の遭難の報であった。岩付教授は、建物の枠の材木で、背中から打撃をうけて即死、岩付教授と対談中の細川教授も梁のため頭を打たれ、脳漿を露出するほどの重傷。日赤に運ばれて間もなく亡くなられたという。

岩付、細川教授には、ときどきご一緒に会合することがあった。年ごろからいえば、私はちょうど先生たちの教え子にあたる年齢だった。そのせいか、私を目の前にして、私があたかも海軍の代表であるかのように叱りつけられることがたびたびあった。

堂々たる体格とカイゼル髭で異彩を放つ岩付教授は、歯に衣着せずにものをいう。同教授は一ヶ月ほど前に、学生にむかって、

「日本は絶対に負けるぞ」

といったことが、憲兵に伝わり、非国民としてつけ狙われているという話もあった。しかし、教授は、

「国を真に愛する道は、国をして真実の道を歩ませることで、国に盲従することではない」という哲学を固くもち続けていた。その教授にも、もう二度とお目にかかることはない。増本政次郎教授、また加藤教授も亡くなられたという。三村教授、増本文吉教授、市川教授はやけどはされたが、生命に異常なしと聞いてほっと胸をなでおろす。

夕陽が落ちて夜となった。どちらをむいてもまだ炎が赤々と空を染めている。そして私は、自分だけがいままったく健康であることの孤独と恥じらいをひしひしと感じていた。

（そのときは無事だった増本文吉教授も、何年かあとに脳腫瘍で亡くなられたが、その原因も、この日の何かに由来したのではあるまいか。また、私の部下の飯村大尉も、終戦後東大理学部にもどり、有機化学教室の助教授になった。彼には終戦後数年たって、東大構内で偶然出合ったが、生来の難聴がますますひどく、顔の色があまりに悪いのが気にかかった。その後しばらくして彼の訃報に接した。死因は若年にもかかわらず胃ガン、それもきわめて悪性のもので、発病後あっという間に病勢が進行して死んだと聞いた。彼のガンの遠因もこの原爆であったに違いない）

原爆製造には百年かかる

いろいろな打ち合わせが一段落すると、今まで忘れていた空腹感が私をしめつけた。そういえば、私は昨夜から何ひとつ口にしていなかった。

われわれは、その夜、食物などあるはずもない焼跡のなかで、思いもかけない夕食にありつくことになった。

それはこんがりと焼けた南瓜である。広島大のグループと、われわれの研究班が食糧補給と、カムフラージュの意味で校庭から校舎の屋根いっぱいに植えた南瓜の実が、爆撃でほどよく焼けてころがっていたのである。

みた目は悪いが、味はちょうど焼き芋と焼き栗の中間のようなねっとりとした味で、なかなかのものだった。ただ、ふりかける食塩でもあれば……と、やたらに食塩が欲しかった。

日はすっかり落ちた。私が防空壕の掩蓋《えんがい》に腰を下ろして天空にゆらめく赤い炎を眺めているとき、ひょっこりと顔見知りの佐久間助教授が尋ねてこられた。佐久間助教授は、「爆発現象の理論」を専門とされる広島文理大きっての新鋭物理学者である。

私たちは、見たこと、聞いたことをお互いに話し合い、このおそるべき爆発物の正体についての意見を交換した。私は助教授に先刻から考えていたことを話し、そして結論的につぎのように述べた。

「この威力は、T・N・T火薬やピクリン酸や普通の爆薬と同じ種類のものとはどうしても考えられません。私は前に数百トンの地雷が瀬戸内海の島の作業場で事故爆発したあとの見学調査に参加したことがあります。数百トンの火薬の爆発が、どの程度のすさまじい惨状をもたらすかはよく知っております。しかし、それでも今度の爆発の威力にくらべると、ものの数ではありません。

きょうの爆発の威力は、木造家屋の類推できる破壊半径から考えて、その地雷作業場の爆発のときよりも一桁も二桁も大きい。まったく信じられないほどの莫大なエネルギーが放出されたと考えないわけには参りません。飛行機で運べるような爆弾で、普通の爆薬を使った爆発ではとてもこれだけの威力は望み得ないと思います」

私はおずおずと言葉をつづけた。

「かねて名に聞く原子爆弾というやつではないでしょうか」

佐久間助教授はじっくり考えながら、ぽつりぽつり答えた。

「原子爆弾というものができる可能性のあることは、物理の理論としては確実でしょう。その際の放出エネルギーはおっしゃる通り莫大なものです。ただ、それは理論だけのことのはずです。たとえばウラニウムをどうして集めるか、ウラニウムの同位元素をどうして工業的に分離するか、爆発の連鎖反応をどうして開始させるか、まだまだ難問は山積していると思うのです。だから私たちも三村先生のおっしゃるように、いくら米国でも、原子爆弾完成までには百年はかかるという考えが正しいと思っているのです」

「それなら火薬でもなく、原子核エネルギーでもない何か他の膨大なエネルギー源が、ほかに存在するでしょうか。ロケット推薬の過酸化水素、ヒドラジン併用のエネルギーだって、所詮はニトロ系とそんなに違うわけではないでしょう。とにかく原子の離合集散のエネルギーにすぎない」

「いや、私には火薬のことはよく分からない。逆にお聞きしたいくらいです。しかし、例の爆風を錐《きり》の様に集中させるムンロー効果のような理論の応用は考えられないでしょうか」

(ムンロー効果というのは、火薬に漏斗《じょうご》状の一定の形をあたえ、その漏斗状の底の部分から起爆する、爆発時の爆風が一方向のみに集中し、時には数十ミリもの厚さの鉄板をも貫きとおすほどの威力を発揮する。海軍では「タ」弾とよばれ、すでに対戦車兵器や対艦兵器に広く使用された。伝説的には、ヒットラーのアイデアにもとづくといわれた)

しかし、私は反論した。

「ムンロー効果できょうの爆発の爆風の強さは説明できても……たとえばムンロー効果を利用すれば、一トンの火薬で戦艦に上から下まですっぽりと穴をあけることはできます。しかし、穴の直径はわずか一メートルそこそこに過ぎない。そこでこの広範囲な威力は説明できないと思うのですが……」

佐久間助教授はますます考えこんだ。

「なるほどよくわかります。それならもし爆風を一直線上に集中させる代りに、一平面上に集中させることができれば、普通の爆発よりは強く、ムンロー効果よりは広い爆発力を与えうるかもしれない……」

私は思わず唸った。理論的には見事な着想である。「ムンロー効果」を爆風の「錐」とすれば、佐久間助教授は、いま爆風の「かみそり」の作られる可能性にふれたのである。

しかし、なお私は反論した。

「そのような一平面上に爆風を集中する方法は、実験的にまだ確認されていません。また仮りにあるとしても、爆発エネルギーの桁が違いそうですが……」

佐久間助教授はまたじっと考えこみ、しばらくして顔をあげて、ひとりごとのようにいわれた。

「そうかもしれませんなあ……。米国は百年かかるといわれたことを、短期間のうちにやりとげたのかなあ……。まったく予想外でした。あなたのいわれる通り原子爆弾かもしれませんね。ところで原子爆弾なら、放射能があるはずだから、カウンター（放射能測定器）さえあれば確かめられるんだが……。焼け残ってはいないだろうし……」

迂闊にも私はその瞬間まで、原子爆弾なら強い放射能があるはずだとは気がついていなかったのである。もちろん測定器具はすべて灰燼に帰して何も残っていないから、われわれに確認のすべはない。

ふたたび助教授は、「百年かかると思っていたんですがねえ」とつぶやいて立ち去られた。私は寝ようと思い、校庭のすみに半ば倒れている自動車にもぐりこんだ。校庭でその自動車の座席は、唯一のクッションであった。だが、興奮しているせいかなかなか寝つかれない。「原子爆弾」が頭にまつわりついて離れないのだ。私は、一ヶ月ほど前に、部下の和田大尉と原子爆弾についてはじめて話したことを思い出していた。

日本はまだ原始爆弾

あれは私の妻が廿日市にくる前、まだ中町の海軍士官宿舎に泊っていたときのことである。大学から宿舎への途中、最近、艦政本部からL_1兵器というグライダー式の対戦車特攻兵器の計画命令が、われわれに指示されたことを和田大尉に話したことがあった。

L_1兵器というのは、小さな発進用固形火薬をつけたグライダーの頭部に、さきほどのムンロー効果をもつ「タ」弾火薬をつけ、人間が操縦して戦車にぶっつかろうという特攻兵器である。その計画の要点を和田大尉に告げると、彼は興奮しまっさおになって反論してきた。

「ダメー、そんなもの。飛行距離が短いうえに図体が大きい。スピードがおそい上に、命中率は悪い。しかも、ぶっつかる相手が戦艦ならまだしも、たかが戦車一台じゃありませんか」

「もちろんそんなことは発案者も承知の上だろう。しかし、いまの特攻兵器——棒地雷やコンボー爆雷では、肝心の攻撃目標にさえ近づけないじゃないか。運よく万一ぶっつかったところで、相手はほとんど被害を受けず、こちらは百パーセント死ぬ。それにくらべれば、L1兵器は不充分ながら『接近力』と『破壊力』の二つをそろえている」

「相手に損害をあたえる確率をゼロパーセントから〇・一パーセントまであげたところで、現実的にどれだけ効果がありますか。しかも、ひとつの生命が、一つの兵器ごとに犠牲になる点は何のかわりもない」

「その通りだ。しかし他に手がないなら仕方がない。ないよりはましだろう」

私と和田大尉は激論を交しながら五日市の水交社をたずねた。ここは、大竹潜水学校に一番近い水交社である。数日後に特殊潜航艇で南方にでかけるという特攻部隊の歓送会が開かれていた。若い士官たちは荒れて騒いでいた。〽貴様と俺とは同期の桜……の歌が絶望的にくり返されていた。もうどこへ行っても戦争末期の姿であった。

私と和田は議論しながら食事を終えた。あの青年たちのために、特攻兵器の研究の一部を分担しなければならない技術担当士官の仕事も、また何とわびしいものだろう。いまは仕事に努力することも自らの呵責《かしゃく》、さりとて仕事をしないこともまた苦悩であった。そしてまた、自分が直接死に直面していないことも恥辱であった。

私たち二人は議論をつづけながら浜にでた。初夏のすがすがしい夜であった。私はふと話題をかえた。

「もし、日本に原子爆弾でもあったら、特攻兵器などに頼らずにすむんだが、三村教授によれば、今度の戦争にはどっちみち間に合わないというし、私もそう思う。何ヵ月か前、京大へいったとき、荒勝教授が、海軍の援助で建設されたという巨大な静電放電装置の所に案内して下さったので、『何に使うのですか』と聞くと、『中間子爆弾でもできないかと思って作ってもらったんです』という。『その実現の可能性は?』とたずねると、先生は平然と『まあ可能性があるかないかを調べようということで、正直いってあまり見込みはないでしょうなあ……』といわれたよ」

和田大尉は得意の毒舌でまぜかえした。

「原子爆弾どころか、一番原始的な黒色火薬でさえできなくなりそうで、その代用品を研究しろといわれているんじゃないですか。ゲンシはゲンシでも原始爆弾でしょう」

われわれは電車で中町の宿舎に帰った。夜が大分おそいので、そろそろと戸をあけて入っていくと、三人の女中が額をあわせてひそひそと話しあっている。われわれが、通りすぎようとすると、一人の女中が声をかけてきた。

「なぜ広島だけ敵は爆撃しないのでしょうか。いっそやってくれた方がさっぱりする。何だか気味が悪くて……」

もう一人がいった。

「広島は移民が多いでしょう。二世たちが広島だけはやらないでくれといっているそうだわ。京都と広島は残しておくんですって」

「若木大尉は、火薬の研究をなさっておられるそうですけど、だれか偉い人がマッチ箱くらいの大きさのもので、戦艦も沈めてしまう火薬が日本にあると発表したそうですけど、本当なんですか」

私は、それが原子爆弾を意味することはわかったが、曖昧に返事して部屋にもどった。部屋に入ると、和田大尉が、にくにくしげにひとりごとをいった。

「貴族院議員・東大名誉教授の田中舘愛橘が議会で、大変な威力のある火薬が日本にあるかも知れぬなどという演説をしたという。それが本当なら重大な機密漏洩じゃないか。そんな発表をするところをみると、まだ海のものとも山のものとも格好がついていないのだろう。そんないい加減な演説にさえ、すがりつこうという人がいるのは悲惨すぎる」

和田大尉はふとんに入ってからもつづけた。

「ああ、やれ神雷だ、神鯨だ、桜弾だ、棒地雷、コンボー爆雷、L「兵器、みなガラクタ兵器だ。ムダ死にするために特攻兵器を使わせられる兵隊はかなわんですなあ」と。

アメリカ人を石もて打て

八月七日。十時ごろ、多数の技術士官を乗せた調査団のトラックが二台、校庭に到着した。一台のトラックには、西田大尉をチーフとする一行が乗っていた。西田大尉は、私の半年先任の大尉で、物理屋である。年は若いが、爆弾や砲弾などの新兵器のメカニズムの開発にかけては、海軍きっての切れ者といわれている男である。

西田大尉は、トラックからとび降りると、真白い歯を見せて私に近づいてきた。

「やあ、やあ若木大尉、足を見せて下さい。あっ、ありますねえ。幽霊じゃないですな。呉では若木大尉が死んだともっぱらの噂でしたよ。よかったですなあ、あっはっは」

皆を元気づけるためか、彼はとにかく朗らかである。到着した一行は、物理、化学、機械、電気等の専門家の混成チームで、五人一組で十組から成り、それぞれの地域を分担して、全市の被害の調査および聞きこみにかかるという。私にも自由に調査してくれとのことである。私はチームから離れて、広く浅く見てあるくことに決め、鷹の橋付近から中ノ島練兵場の北の方まで歩いてみた。

白神社《しらかみしゃ》の境内の周囲にたっている直径七十センチほどの樟《くすのき》などが、すべて根本から倒されている。また相生橋のコンクリートの太い欄干は左右にふっとび、近くの原に鉄筋コンクリート建物の、厚さ一尺もありそうにみえるドームは砕け落ち、送電線の鉄塔はアメのようにへし曲っている。何というおそるべき爆圧だろう。(このとき見たドームは、現在の原爆ドームと思われる)

この付近の死体は、爆風で押しつぶされた感じが明瞭にあらわれている。舌や目玉や腸はとびだし、まるでひきがえるのような形になって死んでいる。その黒こげの死体がいも畑のようにごろごろところがっている。これが本当にかつては泣き、笑い、憤り、愛した人間の最後の姿なのであろうか。

二週間前まで泊まっていた中町の海軍士官宿舎を訪ねてみる。池と石灯籠と庭の形で、場所はすぐにわかった。ここにも骸骨が四つ五つ。私はいつかの夜、ここで女中たちと話した会話を思い出した。

「広島は移民が多いでしょう。二世たちが広島だけはやらないでくれっていっているそうだわ。広島と京都だけは……」

何とはかない希望的観測だったろう。

「マッチ箱ぐらいの大きさで、戦艦を沈めてしまう火薬が日本にあるそうですけど……」

あまりにも皮肉な回答である。彼女たちも今は白骨となって、焼け崩れた瓦の中に埋もれているのだろうか。

われわれは調査のつもりででたのであったが、いつか行方のわからない部下たちを捜すことに熱中しはじめていた。八月五日の晩、私といっしょに宿直するはずだった下東工長、そして私と交代してくれた島田技手である。下東は禿げた大男なので、それらしい重傷者や死体を主に、そして島田は小柄で歯ならびがよく、真白だったことからそれを目当てに、また、ゲートルに書いてあるはずの名前を手がかりにして捜し歩いたが、どうしてもみつけることができず、午後四時ごろ、私はふたたび校庭にもどった。そこへやはり部下の楠が真赤な顔をしてやってきた。

「若木大尉、アメリカ人をみましたか。誰かが、どこかの刑務所にいたアメリカ人をひっぱりだしてきて、相生橋の近くに立たせ、石をぶつけているという話を聞きました。自分もあんまり腹がたったので、ひとつぐらいは石をぶつけようと思ってきたのですが、アメリカ人が見当らないので捜しているのです」

そのとき、私は聖書のうろ覚えのことばを思い出した。罪ある女性を群衆が石をもって打とうとしたとき、イエスがいった――「汝らのうち罪なきもののみ石をもて打て」ということばを。このとき、この聖書の一節のいかに無力に思えたことか！「誰でも石をもって、そのアメリカ人を打ち殺すがいい」――それが、私も、またそこにいた人々のいつわらざる気持だったと思う。

この惨劇を演じた米機を許しがたかったのである。米機を許しがたいと思うがゆえに、ただ米国人であるというだけで、その囚人の生存を許しがたい、とわれわれは感じたのである。（アメリカの囚人をひっぱり出して、群衆が石をもって打ち殺したという話が本当だったかどうか、私はいまに到るも分からない。そして、自分こそ石をぶつけたという人にもまだ会っていない。あれは激怒した群衆の願望が描いた白昼の幻だったのであろうか）

深夜の検討会

夕方、西田大尉一行を乗せたトラックが校庭に帰ってきた。これから呉で今日の検討会が開かれるから一緒にいこう、という。私はあとがちょっと気がかりであったが、大元技手に後事を託して呉に行くことに決心した。

夕食直後、呉海軍工廠火工部長の三井大佐（海軍艦政本部在任時代、原子力の研究を担当、京大、理研などの学者を動員し、その実験を計画した）の司会で会議が開かれた。調査にあたった技術士官が次々に立って、自分の担当した地域の調査報告をする。その報告は出席者の専門的討議を経たあとで、結論が項目ごとに黒板に書かれ、大要が、壁に貼られた広島の大きな白地図の上に次々と書き加えられていく。報告がすすみ、書きこみがすすむにつれて、この不可思議な爆発力の全貌が、全員固唾をのむ中で、次第に明らかになっていった。

一、爆撃時の飛行機の状況

もっとも奇妙なことは、目撃者による肝心の爆撃機についての報告が一致していないことであった。広島市内ではつぎの三説が有力であった。

（1）小型機一機が先行し、B29三機がこれにしたがうように飛んでいたという四機説。

（2）大型機三機のみという三機説。

（3）終始大型機二機であったという説。

敵の飛行機を専門に観察していたはずの付近の監視哨の報告は、終始大型機二機とのべている。（ただ一度だけ例外的に三機とのべているが……）

また、この監視哨は、その大型機は、最初に広島に侵入したが、何事もなくいったんそのまま脱出し、ついで機首を反転して再び広島にむかったと報告している。そして、その二度目の広島上空侵入直前、少なくともそのうちの一機が横すべりしたように見えた瞬間に閃光がきらめいたという。そのときの大型機の高度は七千メートル、二機の間隔は、二、三百メートルであったとのことである。

また、広島の大部分の人々は、落下傘を落した飛行機が直接この爆弾を落したと考えている。しかし、そのとき落下傘を落した飛行機は、まだ広島上空に達していない。爆弾が放物線軌道を描いて広島の爆発地点に達したとは、ちょっと考えにくい。すると、爆弾を落した飛行機は、落下傘を落した飛行機と別にどこかにあるのではないかという理屈になる。これについては、いろいろの推測が立てられたが、だれもが納得する説明は与えられなかった。

西田大尉は、三機説をとった。

「ただし、最初の一機は超高度をとり、他の二機は低空でおくれてはいった。そして、超高度の一機が爆弾を落して全力で逃げ去ったのではないか。超高度をとったのは、爆風を避けるためで、超高度であったがため小型機と見誤られたのであろうし、監視哨も見逃したのであろう。落下傘を落としたのは、高度七千メートル付近を飛んでいたB29二機で、その二機が、三個の落下傘を落したので、その数と機数とが混同されて大型機三機ということになったのであろう」と。このへんが最大公約数的な見解であろう。

また、三つの落下傘は、二機中の一機が落したものであり、他の一機は落さなかったという報告も、かなり真実性がある。

(要するに、今日、人に信じられているように、あるいは米国から発表されたように、三機が普通の雁行状態でまっすぐ飛んできて、同時に原子爆弾と落下傘を落して帰っていったという簡単なものではないのである。しかし、これらの点について、米国はなぜか今にいたるも詳細な発表をおこなっていない)

一、落下傘について

爆発直前に三個の落下傘が落されたことは多くの人々によって認められている。その落下傘はそれ自身爆発することなく、広島北方の山中に落下したらしい。これには不発弾か時限爆弾らしいものがついているという噂が広島市内に流れている。

肝心の広島市内で爆発した爆弾は、落下傘がついていたと市民は頭から信じているが、その証拠はない。西田大尉などは、落下傘がついていなかったと考える方が、論理的に理解しやすいと主張している。

おそるべき結論

一、爆発の中心

爆心は、爆風の方向、働き方から推定して護国神社北方約三百メートル。木や石に焼きつけられた陰影から計算すれば、閃光の中心は高度約五百五十メートル。

この高度が、敵の意図した高度であるとすれば、そして西田大尉のいうように、超高度から爆弾が落され、かつ落下傘がついていないとすれば、爆発の瞬間の爆弾の落下速度はきわめて大きいことになる。そのような大きな落下速度のものの爆発を適当な高度に調節するには、時限起爆機構に極度の制度が要求される。

おそらく、われわれがいままで使っている時限信管のメカニズムでは、そのような高精度の時限起爆は不可能であり、原理的に従来のものと異なるメカニズムを使用したものと考えられる。

一、爆風と閃光

爆風が、半径二キロメートル内の木造家屋を全壊させているという事実から計算すれば、この爆弾は、T・N・T火薬や下瀬火薬の数万トンに相当する程度のエネルギーをもっているものと考えられる。

また閃光部の温度は、われわれが地球上で通常得られる最高の温度（二千度や三千度）に比べてまったく比較にならないほど高いものと思われる。そのことは、半径二キロメートル以内の人間に、輻射熱によると思われる火傷を与えているという事実からも推定できる。

爆風の持続時間は、普通の爆発より長い。また当然のことながら、爆心地近くでは、光と爆風が同時に作用しているが、少し離れたところでは、光に遅れて爆風が働いている。そして中心からの距離が遠ければ遠いほど、閃光と爆風の作用する時間間隔が長い。

光と爆風のおくれから爆風の速度も計算された。ある場所では不思議なことに、爆風が爆心地と思われる方向からこないで、逆の方向からきている。地形から考えると、爆風は土手や山で、ちょうど山彦のようにこだまするらしい。

一、火災の原因（略）

一、死者

死者は中心より三百メートル以内では、爆風のため上方より圧縮され、押しつぶされた形で、舌や眼球や排泄物、ときには内臓までもが絞り出されたようにとびだしている。死体は真黒に焦げて、ほとんど原型をとどめていない。もちろん即死である。

それより半径七百メートルまでは、全裸地帯というべき地帯で、死体は身体の原型をとどめているが、衣類は焼けたのか、吹きとばされたのか、ほとんど残っていない。

それ以上の距離になると、即死はまぬがれているが、半径二千メートルまでは、閃光に面した方の皮膚が火傷をうけている。

ところが、同じ閃光に面した火傷でも、中心部からの距離が遠いほど、斑点状の火傷を負ったものの割合が多くなる。この事実は、単純に火傷が輻射熱のみによると考えていたのでは説明がむずかしい。輻射熱での火傷なら、面した皮膚が全面的に火傷を負うはずであり、斑点状の火傷というのはおかしい。原因は他にもあると考えた方が自然であろう。

しかし、それは、白い着物を着ていた人はその白い部分だけ火傷をまぬがれたり、また黒で染めた着物を着ていた人は、その黒い模様通りの火傷を負ったというような輻射説を裏付ける報告が大部分であるという事実を否定するものではない。鏡に反射した光で火傷を負ったという報告もある。この場合は、純粋に輻射と反射というメカニズムで説明がつくし、またそれしか説明がない。

また、ある川では、背中だけ焼けて白くなった魚が泳いでいたという。水層を通し、水で冷却されていた魚を火傷させるほど、輻射エネルギーが高かったことをこのことは示している。一般に火傷のひどい割には、患者たちは苦痛を訴えない。

＊　＊　＊

長い討論のあと、三井大佐はこう結んだ。

「今まで検討された結果から判定すれば、この爆発は異様に強力であり、普通の火薬によるものとは考えられない。おそらくこれは原子爆弾であろう。実は、君たちにはまだ話してなかったが、敵のマリアナ放送は、広島にウラニウム爆弾を投下したと報じている」

一瞬、会議の席は、水をうったように静まりかえった。

未曾有の惨劇の演出者

しばらく沈黙がつづいたあと、論議は一転してその対策に移った。ある人は、

「すべての人に白衣を着け、また帽子には必ず日よけをつけさせるべきだ」といい、ある人は、「たとえ一機が侵入してきた場合でも、すべての人々を必ず防空壕に、退避させるべきだ」と主張し

た。しかし、これらの対策はほんの気やすめにすぎない。

「あくまで戦おうとするなら、住宅も何も地下に移すべきだ」とか、「将来、攻撃をうけそうな都市の家屋は、全部空屋にするか、自発的に全部焼き払って、敵の攻撃目標をなくしてしまうほかに、この爆弾から人命を救う道はない」という説も主張された。

これらの主張は、最初のほんの気やすめ程度の対策よりは一歩進んでいようが、その実現の可能性に思いいたれば、その主張の帰趨も自ずから明らかであろう。「どうにも打つ手がない」というのが出席者の本心だったろう。

議論は次第に衰え、皆は沈黙におちいりがちになった。そのとき爆薬科主任の神津中佐が発言を求め、三井大佐をキッと見つめながら反論した。

「大佐。ウラニウム爆弾だとすれば、ここにさきほど調べた統計があります。統計は少々古いし、数字も十分に信頼できるとは申せませんが、ウラニウム資源は非常に少ないように思うのです。はたして敵は、今後もこの爆弾を多量に作り得るのでしょうか」

その点こそ皆の聞きたい点であった。三井大佐は答えた。

「その点は確かに問題です。われわれの常識では、資源的にもまた製造技術上からみてもそうたくさんできるはずはないと思う。……だが、実はマリアナ放送は、『百発の原子爆弾がいまマリアナ基地に到着している』と述べているのです……」

座は再び沈黙した。それは敵の単なるおどかしかも知れないが、今は頼るべき資料がないのだ。

三井大佐は眉をくもらせながらつけ加えた。

「敵の百発という数が、謀略であるかどうかは、敵の今後の攻撃の状況から推定できるだろう。われわれとしては、再度の原爆攻撃のないことを祈るだけだ……」

深夜の検討会は終った。私は屋外に出た。ここは潜水学校の隣り、潮の香がやわらかく私の鼻をうつ。ここは日本海軍の心臓基地・呉の大軍港である。かつては「武蔵」も「大和」も碇をおろした湾である。今、暗闇にみえるのは、先日の呉の大空襲の際に攻撃をうけ、沈没・大破した、戦艦、空母、大巡の残骸の影であった。

私はその夜、当直室のあきベッドを借りて身を横たえた。寝ようと思うがなかなか寝つかれない。さきほどの論議を考えるともなく考えていたとき、ふと、ある疑惑が頭に閃いた。それは、いったん広島に侵入した大型機が反転して広島の外にでて、さらにもう一度侵入しようとした瞬間に原子爆弾が爆発したという点である。

なぜ敵機がいったん広島から外にでたのかということだ。私は、この敵機の行動には重大な意味があるのではないかという感じがしはじめていた。

もし敵機が最初に侵入したときにそのまま原爆を落としたら、人間の被害はそれほどひどくはなかっただろう。なぜなら、第一回の侵入のときには、空襲警報が発令され、多くの人々は防空壕にいたはずである。防空壕にいた人は、前にものべたように、わずかしか被害をうけていないし、少なくとも死因の大きな原因である火傷は負わない。

敵機がいったん広島上空からぬけだし、空襲警報が解除されたとき、人々はほっとして防空壕の外にでたに違いない。

そこを見はからって、敵機は急速に反転して広島にむかって再突入し、空襲警報を出す間もないうちに、原爆で一撃する。その結果、大部分の人は火傷を負い、惨禍は極限にまで拡大されることになる。空襲警報が続いたままで原爆が投下されていたら、おそらく死者は数分の一に減っていたことであろう。

B29の原爆投下前後の行動は、非戦闘員の大量殺戮を容易にするための状況をつくりだすためのトリックだとは考えられないであろうか。この広島における人類史上未曽有の惨劇の背景に、その効果、演出を考えた心理学者がいると私は断定せざるを得ない。そして、その心理学者こそ人類の名において摘発すべき最も残酷な人道の敵ではあるまいか。

私はこの推論を二十五年間心の中であたためつづけてきた。しかし米国の発表は、二十五年間、このことにはまったくふれていない。最新の一九七〇年八月十日付のタイム誌の論議のなかにもこの間の記述はない。

オッペンハイマー博士は、充分に防空壕で保護されたならば、広島の死者は二万程度であろうと推定している。現実には二十万の死者がでたのだ。死者を十倍にしたのは、この心理的演出ではあるまいか。私はこのまだ誰もとり上げていない演出を告発することが私の義務ではないかと感じるに至った。今になってこのような手記を発表しようとした理由のひとつはここにある。私は、この惨禍を演出した人間を知りたいのだ！

米国の発表によれば、八月六日の朝は、エノラ・ゲイ号の出発する一時間前に、三機の観測機が飛び立ったという。最初に侵入したのが観測機で、二番目が原子爆弾爆撃機であると考えられないこともない。しかし、観測機は、「広島、晴。小倉、曇。長崎、薄曇り」と報告したといわれる。すると観測機は、広島↓小倉↓長崎と飛んだもの推定される。したがって、この残酷劇の演出は、エノラ・ゲイ号を中心としたグループによっておこなわれたことは間違いないと思われるのである。

陸海軍有力者の科学的教養

八月八日。広島でこの爆弾に関する陸海軍合同調査委員会が開かれるというので、艦政本部からY大佐、呉から、M大佐、K中佐、N大尉と私の四人が参加することになった。会場は広島練兵場の第二総軍司令部跡である。

九時ごろ到着すると、陸海軍の要職、参謀や将校連が相当数集まっている。主催者は地元の陸軍第二総軍司令部の人たちであるが、爆心地近くにあったため、首脳部の大部分が被害をうけ、生き残った老将軍も、ほとんどが包帯姿でいるのが人目をひいた。

しかし、予定時刻になっても必要な関係者が集まらないので、八日の委員会は延期となり、海軍側だけの検討会に切りかえられた。会場は練兵場の草むらの上である。

まずM大佐が昨夜の検討会の結論の大要を説明した。その筋道は明快であり、論理的であった。するとその説明も終らないうちにAという軍医少佐が立ち上り、「呉鎮守府軍医長・F軍医中将の命令により、閣下のご意見を説明申し上げます」といって、不可思議な独断的な説を述べはじめた。

「あの光はエレクトロン（軽金属の一種）焼夷弾であります。敵はまず前の晩に、大編隊でエレクトロン焼夷弾の粉をパーッと空に散布しておき、次の朝にそれをウラニウムで点火したのであります」

A軍医少佐は、大きな紙をひろげて説明する。みると、顔半分火傷をした人が上を向いている絵が画かれてあり、その上方に、点点が書きこまれ、〝エレクトロンの雲〟という字が読める。まるで子供むけの紙芝居である。専門家の連中は唖然としていたが、やがて腹をたてたらしく、追及の矢がA少佐に集中した。N大尉もその一人である。

「あの光をエレクトロン焼夷弾の光と断定した根拠はどこにあるか。エレクトロン焼夷弾に似ている点は、閃光が白いという点だけである。白い光は、ただ温度が高いということだけを示すにすぎない。エレクトロンの炎は白い、この爆発の光も白い。だから同じだというのは、おかしな論理じゃないか」

そのうち、いろんな人ががやがやと無秩序に批評しはじめた。

「ウラニウムが起爆薬で、エレクトロンを爆発させたのではなく、その逆ならしいて考えれば考えられないこともないが、F軍医中将の説はまったく逆じゃないか」

「エレクトロンを前の晩にそっとまいておいたといわれるが、何の根拠があるんですか、エレクトロンの粉は、まかれたあとで地上に落下するでしょう」

「第一、エネルギーの桁が違うよ」

軍医少佐はそれに対して一言も答えず、ただ「F軍医中将閣下のご意見です」をくり返すばかりである。ばかばかしい話である。

陸軍でもこれと同じことがあったと聞いた。傑作なのは、伝えられた第二総軍兵器本部長・T中将の話である。

彼は被爆直後、この爆弾による被害状況を見て、「これは硫酸爆弾だ!」と断定したというのである。その理由は、立木や屋根が濃硫酸を浴びたときのように黒焦げになっているからだというのである。エレクトロン爆弾説の論理といい、この兵器本部長の断定といい、いずれもお話にならぬほど非論理的である。陸海軍の技術科学政策をになう有力者たちの科学的教養が、いかに低かったかを端的に示す一例だろう。

いくつかの報告のうち印象的なものもいくつかあった。爆撃のとき、ちょうど爆心地の中心にいたが、爆風にはねとばされて、石造りの建物の陰になったため、やけど一つしなかったという若い元気な海軍兵曹が話してくれた爆撃の模様などそのひとつであった。話そのものは、単純であったが、なまなましい現実感を含んでいて印象的だった。

ところが、その兵曹は話しおわると、「気分が悪い」といい出して嘔吐しはじめた。そして見る見るうちに元気を失っていったのである。それはまるで、若い植物が急激にしおれていくかのような印象であった。(今にして思えば、致死量以上の放射能をあび、その遅延毒性のために、翌々日になって、からだが加速度的に弱まってきたものだろう)

軍医連からは、今回の火傷は非常に悪性のもので、死ぬとは思われない火傷で患者がつぎつぎと死んでいく、何か理由があると思うということが強調された。

軍医少佐のほかにも珍説が二、三でたが、一応、砲熕《ほうこう》部実験部の技術者の意見が主力意見となってまとまり、参加者一同は、その足で、広島「大本営跡」に行き、バスにのって飛行場の被害を視察して比治山に赴いた。

ここは畑元帥を首脳とする第二総軍本部移転予定地である。ここもまた市内に劣らぬ地獄であった。市内で重傷をうけた人々が逃げこんできていた。道にも死体、草むらにも死体、林の中も死体の山であった。

永遠に許せぬ落書き

バスにもどると、「広島市の北約十キロの山中に落下傘のついた爆弾のようなものが三個落ちている。ついては専門家に事実をたしかめてもらい、できれば至急処分してもらいたい」という話がまちうけていた。

爆弾解体の専門家といえば、まず西田大尉である。そして、同行者として安井大佐、三井大佐、神津中佐と私が行くことになった。

落下傘の落ちた場所を知っている陸軍軍曹が案内役となって、われわれは広島北方の可部という部落にむかった。村役場につくと、役場には二人しか残っていない。残りは村人たちといっしょに街道の奥へ避難してしまっていた。三個の落下傘爆弾らしきものの一つは、ここの小さな裏山のむこうの水田に落ちているという。

「君、これは命がけだね」

安井大佐がわれわれをみまわして笑いながらいう。皆、上着を脱いで机の上に置く。暑かったせいもあるが、もし爆発があって、自分の身体が影も形もなくなっても、誰が死んだか、この上着でわかってもらいたいという気持が暗々裡にあったのかもしれない。

一行は軍曹にしたがい、小路をぬけ畑を通り、三面岡に囲まれた水田にでた。

ピカピカした金属の弾体のようなものが、稲穂の間からみえかくれしている。落下傘はすでに陸軍の方で切り離してあった。一行のうち、私が一番の新参者であるので、はだしで田の中に入り外観検査をして上官に報告した。

弾体の先端には孔のあいた有機ガラスのカバーがついていて、その孔を通じて細い一本の銅線が長く外にでている。カバーの内部には一見、時計仕掛けかと推定される目盛りつきの円筒やプレートコンデンサや水晶棒にまいたコイルなどが精密に組み立てられているのがみえる。弾体の尻尾には、普通の爆弾にみられるような翼がついていた。

「時計仕掛けのようなものがみえますか」西田大尉がいう。

「あります」

「それじゃカチカチとでも動いている音が聞こえますか」

私は弾体に耳を寄せた。冷たいジュラルミンの感覚がひんやりと頬にあたる。別に音らしい音は聞こえない。その旨を西田大尉に伝えると、彼もはだしで入ってきて、軍曹と二人で弾体を持ち上げて、あぜ道の上に運びだした。ふとみると、ジュラルミンの弾体の上に白墨で何かが書いてある。よくみると英文で、〝It's all over Hiro……〟というなぐり書きである。〝Hiro……〟はおそらく「広島」を意味し、したがって「全広島をやっつけろ！」とでもいうことであろう。

この落書きをみたとき、私は腹の底からむらむらと怒りがこみ上げてきて、目の前が真暗になるような気持におそわれた。この落書きをした人は、どんな気持ちで書いたのだろうか。この男は、無辜《むこ》の非戦闘員の大量殺人がこれほど悲惨なことを想像できない白痴的な無感覚のまま、これを書いたのであろうか。

いずれにせよ、これは人道の名において、最も激しく非難さるべき落書きのひとつとして残るのではないか。

（私がこの手記を書いた理由の二番目は、広島被爆の当時、このような落書きがあった事実を世に伝え、当時の米空軍にいた軽薄、白痴的な一人の人間を糾弾せんがためである）

西田大尉が分解の作業にあたった。彼は実に大胆にして明快な男である。平然として、注意に注意を重ねながら、つぎつぎとネジをはずし、尾部と頭部をはずした。爆弾ではなさそうだというのが彼の見解である。

西田大尉は、ついで最も重要と思われる胴体部の分解にとりかかる。通常の方法で分解すると、多くの秘密兵器は途中で自爆し、秘密が敵に知られないようにできているし、また弾体が柔らかいジュラルミンだから、いっそ切断した方がいいというのが彼の意見である。曹長が近所の自転車屋から切断用鋸を借りてきた。

もし、この作業中に爆発すれば、一同こっぱみじんに消え去ってしまう。切断作業をしている西田大尉の顔は真剣そのもので、顔には大粒の汗が浮びしたたっている。それをみつめる残りの一行の顔もこわばっている。あまり緊張すると尿意を催すらしく、みな代る代る用を足しに行く。西田大尉に代って、軍曹が、そして神津中佐が鋸をひく。〝薄氷を踏む思い〟とはこのことをいうのであろう。

やがて胴体の一部分の分離切断に成功した。内部には複雑な多数の電線がいっぱい入り組んで配線されている。火薬はなかった。西田説によれば、広島の爆発の成功を伝えるため、爆発時に生ずる圧力を電波に変え、マリアナ基地に通知する自動発信措置のラジオゾンデか何かそういうものに違いないという。

一同元気になって、残り二個の弾体の処分も引きうけようということになった。村長は大喜びで「ありがとうございます」をくりかえし、われわれはお礼に白米の大きな握り飯をもらった。西田大尉がそれを七個食べたというのが、のちのちまで語りぐさになった。私は、そこから三日ぶりに廿日市の自宅へ帰った。

私の身代りになった部下

八月九日。朝六時起床。起床時にどうにもならぬような脱力感を覚える。しかし、島田技手、下東工長など、私の部下の消息が不明のままでは休んで寝ている気にもなれぬ。元気をふるいおこしてやっと出勤する。

九時すぎ大学に到着。大元技手から昨日中に分かった部下の消息を聞く。島田技手は、重傷を負ったが、広島の北八キロの山中にある荷物の疎開先に逃げのび、そこで倒れ、応急手当をうけているという。下東工長は依然として行方不明のままである。

出勤者を二群にわけ、一群は市内および郊外の負傷者収容所を調査させて下東の行方を捜させ、もう一群は島田を病院に移しかえるようにさしむけ、私は後者のグループと行動を共にした。

島田は、二十四、五歳だが、頭がずばぬけてよく、推理力、独創力にすぐれ、私の片腕であった。小柄で色白、笑い上戸であるが、不合理や不正に対しては、激しやすく、どんな上官だろうと臆するところなく議論を吹きかけてくるという面ももっていた。私はそんな島田が大好きであった。

病床についている島田に会ったのは、トラックで出発して一時間後であった。顔の半分が焼けて糜爛《びらん》しており、その上に白い亜鉛華軟膏がぬりたくられていたので、ちょっとみただけでは彼と識別がつかなかった。彼にはわれわれが判ったらしく、かすかな声で挨拶をした。顔だけでなく、手も足もひどくやられている。島田技手は、八月六日、私が出勤しなかったので、代りに呉に行くという和田大尉をとめて、自分が行くと主張し、広大前の電停で電車を待っているところを被爆したのだという。新婚間もない奥さんも軽いやけどをしている。

「今、ご主人が一番ほしいものは何ですか」

と聞くと、奥さんは低い声で、

「主人は果物がたべたいというのですが、こんな状態ではとても……。せめて重湯でもと思うのですが、それさえも思うにまかせないものですから……」という。

部下のひとりが、この近くに知り合いがあるからといってとびだし、やがて、数個のナシをもって帰ってきた。当時は、トマトはいまの基準でいうなら金銀、果物はダイヤに匹敵するほど貴重なものであった。

島田技手は実にうまそうに最初の一、二切れを食べた。しかし何度かむせたようであった。ひとりでに涙があふれでて、のどに落ちていく涙にむせんでいるのであった。

トラックで運ぶのは危険だったが、このままでは手当もできない。「島田！　呉へ行こう。海軍病院へ行こう」というと、彼は小さくうなずいた。トラックで呉にむかう途中、広島をでたところで、彼は心臓の痛みを訴えはじめた。しかしどうにも手の打ちようがない。途中で海田市の救護班をみつけ、強心剤の注射をうち、ようやく呉まで運び、海軍病院と交渉して入院させた。彼が入れられたのは、地下の防空壕病室であった。

(つぎに彼に会ったのは戦後の八月十七日のことで、それが最後になった。私が八月二十九日見舞いにいこうと思っていたところに部下の一人から、彼が二十七日に死亡したことを告げられた)

広島に帰ってきて下東工長捜索組の結果を聞く。彼の安否はついに分からなかったらしい。どこかで死んでしまったと考えるよりもう仕方がない。

いつもの防空壕のゴザの上に横になって眠ろうとするが、なかなか寝つかれない。そして島田のことがつぎつぎと思い出される。結局、島田は、結果的には私のみならず、和田大尉の身代りになったことになってしまったのだ。

やけあとの合唱

八月十日。昨日、長崎に落されたという爆弾が、やはり原子爆弾であったという報告が伝わる。もっとも恐れていたことが、ふたたびおこった。本当に敵はマリアナ基地に百発の原爆をもっているのであろうか。

下東工長を捜し歩いたグループの詳細な報告を聞く。彼らの調査は綿密で、下東の運命については疑う余地がない。下東は「行方不明」おそらくは「死亡」と決定せざるをえない。いやなことだが、このことを彼の家族に公式に伝えなければならない。下東は三十八歳。国民学校（今の小学校）六年生を頭に五人の子供があり、そのうえ、奥さんは懐妊中だという。部下の大元に後事をたのんで私は吉浦にある彼の家を訪ねることにした。

略図を片手に一軒一軒表札をみながら捜していく。彼の家近くにきたかなと思ったとき、防火用水のところで遊んでいた国民学校に入ったばかりの男の子が私によびかけた。

「兵隊さん！　どこへ行くの、うちにくるの？」

顔をみると、下東そっくりの黒目が無邪気そうに光っている。「下東君？」と聞くとそうだという。その子といっしょに門をくぐり案内を請うた。奥さんは心痛と妊娠のためだろうか、いたいたしくやつれている。

「あの日、主人は広島で当直でした。広島の様子を聞くにつけダメかとは思いましたが……でも……ひょっとすると、いつもの元気な姿で突然帰ってくるのではないかと心で祈り、またひそかに期待していました。でもあの日はとうとう帰りませんでした。みんな寝ないで待ちました。つぎの日、私はすぐにもとんでいきたいと思いましたが、ご存じのようにこんな弱いからだではそれもできません。ご近所の方々や親戚の者に無理をいって、広島まで捜しにいってもらいました。

きょうこそは、きょうこそは良い知らせがあるかと毎日待ちましたが、とうとうダメでした。さきほど大元さんから言い伝えをお聞きしました。よくわかりました。私は諦めます。いや諦めようと思います。

一番大きい子は、大元さんからの連絡があるまでは『おとうさんは生きているんだ、帰ってくるんだ』とがんばっておりました。大元さんからのお知らせを聞いてから、ご飯もたべずにずっとふとんのなかにもぐりこんでいます。そして、『おとうさんを誰が殺したんだ！　畜生アメリカ！　畜生アメリカ！』とどなっております。『戦争が殺したんだよ』と私は申し聞かせておりますが……」

血を吐くようなことばは綿々としてつきない。父親が死んだあと、この家庭はいったいどうして生きていくのだろうと、目先が暗くなるような気がした。わずかばかりの見舞金が何になるだろう。この惨憺《さんたん》たる状態の日本海軍が遺族のことまで親身になって考えてやる余力があるとも思われない。

「申し訳ない！　申し訳ない！」とわびをいいたかった。しかし、誰を代表して、何のことに対して「申し訳ない」のか。私には考える力がなかった。

「奥さん、どうかおからだを大切になさって子供さんを大事にしてあげてください」

やっとそれだけいって下束の家を離れた。吉浦から広島行きの汽車の中でも、奥さんのことばや、子供の黒い瞳が耳に目に灼きついて離れない。こんなに暗い影を多くの人々に投げかけながら戦争はいったいいつまでつづくのだろう。

夕方広島に帰りつき、例の防空壕に入る。みると、焼け跡の校庭には、インドネシアの留学生が五、六人屋外に蚊帳をつって寝ている。「大東亜共栄圏」の名のもとに、エリートとして日本に送られてきた青年なのであろう。それにしても、日本人が自分自身の世話さえできかねるような状態になっては、彼らの生活もさぞ不自由なことだろう。彼らは、感じのよい青年であり、こんな状態のなかでもくさらず、悪びれず話しかけてくる。

「大変なことになりました。でもどうか元気を持ちつづけてください」と、何かあやまらずにいられない気持になっていうと、何のわだかまりもなく「仕方のないことですよ」と笑って答える彼らであった。

やがて夜がふけ月がでると、彼らは焼け残っているヒマラヤ杉の下に円陣をつくって、故郷の歌を合唱しはじめた。あるときは哀愁をおびた旋律、あるときは明るいメロディで、歌はいつまでもいつまでもつづいた。

「明日からどうしますかな」

大元技手がいう。「どうしようもないな。あしたのことはあした起きてから考えよう」

私は答えた。

防空壕の片すみで私はねむりかけていた。そのもうろうとした意識のなかで、あの落下傘つきゾンデの本体になぐり書きにされた英文〝It's all over Hiro……〟が、まるで、私をあざ笑うかのように明滅するのだった。

〈あとがき〉

昨年はじめ、私は体の変調が気になった。放射能のたちこめる被爆直後の広島を歩いたせいで、二十五年後の今日、ついにその影響がでたのかと私は思った。万一の場合を考えると、私はどうしてもあの時のことを書きとどめておかなければならないと考え、遺書のつもりで、この手記を書いた。前後十回にわたって、私どもの会社の社内誌「協和」に連載したが、書き終えてみると、体の変調はまるで嘘のように去っていた。

この一文を草するに当たって、正確を期すために、多くの方々に多くのことごとの確認をお願いした。もと部下であり、現在、中国電力勤務の熊野君、太田君、およびその同僚半野君、その他先輩同輩であった神津（中国化薬社長）、西田（ユネスコ国内委事務総長）、和田（日本曹達高分子研究所副所長）の各位、また当時、広島大教授であり、その後、山口大学学長をされた市川禎治博士、また、私の生命の恩人であり、今ハワイで看護師をしておられる岡田美代子氏などには特にご協力をいただいたことを記し、心から感謝の意を表します。

（注）この手記は月刊「文藝春秋」昭和四十六年八月号に掲載されたものに加筆したものです。

原爆体験と世界平和

前広島女学院院長
松本　卓夫

第二次世界大戦前後の約十年間、私は広島女学院の院長を務めていた。戦時中の特別措置として、授業は中止され、上級生たちは工場での勤労作業を命ぜられ、うら若い下級生らは市内の清掃に当らせられていた。一九四五年八月六日早朝に、専門部学生及び高女上級生らは、隊を組んで元気よく合唱しながら、郊外の東洋工業会社の工場に向かって行進していった。高女一、二年生らは、市内清掃に当たる前、校庭に集合し、短い朝礼を行った。私は彼らの前に立って激励の言葉を述べ、祈りを捧げたが、私の言葉は、うら若い彼らを思うて涙でとぎれ勝ちであった。そのほか、市内のここかしこに動員されて作業に当たる生徒たちもあったが、私は彼らの無事を祈る思いで胸一杯であった。生徒たちを見送ってから、私は校庭内にあった院長館に帰り、家内や長女と軽い朝食をしたためて、直ちに高女校舎内の院長室に向かった。戦時下における雑務を整理するためであった。

私が院長室の中央あたりに進んだ途端、突然、紫色がかった強烈な光線が、ピカッと窓ガラスに映ったのを見たが、その瞬間、私は俄然くずれ落ちてきた校舎の下敷きになり、意識を失った。午前八時十五分のことである。意識喪失のまま約一時間が経過したが、気がついてみると、私は真暗な中で、くずれ落ちた数々の木材の下敷きになって、全く身動きができないでいた。しかし、不思議にも、私の心は平静であった。神、共にいますとの思いが、私を不安から守ってくれたのだと信じる。その朝、同じ院長室に、高女教師の一人、田中先生が来ていて、机や書類の整理に当たっていた。私の仕事の下準備をするのが、田中先生の毎朝の務めなのである。ところが、私が意識を回復するや、ウーン、ウーンという低いうめき声がきこえてきた。私は大声で「田中先生、田中先生」と連呼したが返事はなく、間もなく、彼のうめき声が、パッタリ止まってしまった。疑いもなく、田中先生は、くずれ落ちた校舎の下に圧死されたのであった。私は田中先生が立っておられた方向に歩み寄っていたので、もう一、二秒早かったら、田中先生と同じ運命に遭ったであろうことは確実である。

私は暗黒の中に閉じ込められて、絶望的な境地にあったが、頭をひねくりまわしている中に、一筋のかすかな光線が一方から射しているのに気がついた。そして、この真暗な「牢獄」からでも抜け出す望みがなくはないと考え、一生懸命、全身をもがき動かし、ついに重い木材の下から両足を引き抜き、結局、地獄から這い出た幽霊のように、地の表面に出た。その約十分後に、火がこの倒壊校舎に燃え移り、忽ちにしてそれを焼き尽くしてしまった。私の脱出が一寸おそかったら焼死は必至であったろう。外に出て四方を見回したところ、見わたす限り、焼け野原と化し、市全体が焦熱地獄そのものの観があった。私はただ驚き、あやしみ、暫くは茫然と立ちつくしていた。それから、家内や娘の様子を知るために院長館に駆けつけた。私は足の骨がひどく痛み、頭からの出血が甚だしかったので、ふうふうしながら歩いて行った、というのが事実であった。その上、道路は、倒れた家や樹木でうまり、傷ついた、ほとんど丸裸になった人々が、ウーンウーンと呻めきながら、よろめきつつ、歩いているのに出会った。まるで地獄への行列とも見えた。漸く院長館に辿りついて見ると、それは全く倒壊してしまっていた。

私は愕然として、倒壊家屋の前に立って、「時子！　裕子！」と大声で連呼したところ、「ハーイ」と答えて、二人が倒れた家の下から這い出して来た。家内は外見はそれほどひどい負傷をしているようではなかったが、娘の裕子は、正視できない位ひどい様相であった。顔一面が血で覆われて、眼がどこにあるのか、口がどこにあるのか、わからなくなっており、からだ中も血に染まっていた。私は彼らを、襲い来る火から逃れさせる為に、近くの浅野公園に連れて行き、公園内の安全な場所に休息しているようにと命じて、直ちに、広島女学院専門学校々舎へと急いだ。

実は、戦時中の特別な取計らいとして、この春に入学許可を受けた新入学生に、少しでも専門学校生としての経験を授けるために、夏の間に二週間だけ工場勤務作業から免除して、校内で特別授業を受けさせていたのである。その朝、百三十名の新入学生たちが、課業に先立って催される朝の礼拝のため講堂に集まっていたが、丁度、礼拝を終えて退場をはじめた時に、原爆投下があったのである。一瞬にして、くずれ落ちた校舎は、殆んど全部の学生を下敷きにし、わずかに廊下にさしかかっていた十名内外の学生が、手足を落下物に捕えられて、助けを求め呼んでいたのであった。私は、かけ寄って、懸命にその落下物を取り除けたり、引き上げたりして、彼女らを次々に引き出し、私の背中におんぶしたり、小脇にかかえたりして、浅野公園に連れて行き、その一隅に休ませた。こうして八名までは助け出したが、原爆による火災が、専門学校々舎にも襲い来たり、殆んど一瞬にして燃やし尽したので、それ以上、手のほどこしようがなかった。翌日、二人の同僚を伴い現場の整理に赴いたが、百余名の可憐な女子学生は、黒こげの無惨な焼死体になっており、私共は正視できない思いであった。専門部学生の救助をできる限りつとめた後、私は、市の中央部に清掃作業に行った高女一、二年のうら若い生徒たちのことが案ぜられたので、すでに焼け野原になっていた市内を駆け通って行ったが、彼らが集まっているはずの場には、殆んど見当たらない。さあ、これから仕事を始めようと身軽になって用意をした途端、突如として起こった爆風に襲われ、ある者らは、いずことも知れず吹き飛ばされ、ある者らは、強烈な光線のために目がくらみ、行く先がわからぬまま、ふらふらと、さ迷い歩き、また、多くの者らは、道路に打ち倒されているところを、救助のため、トラックでドライブして来た人々に、郊外に運び去られていたのであった。幾人かの生徒たちは、彼らを引率していた若い女教師に導かれて、赤十字病院に赴き、既に被爆者たちで満員になっていた病室に、一緒に打ち臥した。苦痛に堪えかねてうめき合う声の代わりに、その女教師の指導に従って、彼らは声を合せて、かねて学院講堂で歌い慣れた美しい賛美歌を次々に合唱し続けたが、歌うほどに、原爆症やひどい負傷の故に、彼らの声は次第に細まって行き、ひとり、ふたりと声が出なくなり、ついに全部のものが息を引き取ってしまったが、彼らの合唱は、同じ病室に打ち臥していた多くの患者の心に、美しく響き続けるのであった。実に、彼らは、文字どおり、歌いつつ天に召されて行ったのであった。

私は郊外に運び去られた生徒たちを探し求め連絡をとり、慰問すべく、それから毎日、牛田山奥の仮小屋から、幾時間も費して、郊外のあちこちに生徒を探し歩いた。被爆者の多くは、郊外の学校舎、病院、倉庫など、多少でも広い部屋のあるところに運び込まれ、あたかも大根や牛蒡のように、ただ並べ置かれた。一室に置かれた数百人の被爆者たちは、いずれも、からだ中が腫れ上がり、年長者か若者かの見わけが出来ず、しばしば、男女の別すらも、はっきりしなかった。止むなく、私は室の中央部に立って、「広島女学院の生徒は、ここに居ませんか」と叫ぶのであった。すると、時々片隅の方で、弱々しい声で、「はーい、ここにいます」と返事をする少女が居るので、そちらに進み寄り、名前を確かめ、病状を聞き、短い祈りをささげ、「しっかりしなさい。また、見舞に来るよ」と励ましの言葉を述べて、更に他の方面へと、生徒を探し歩くのであった。二、三日後に、同じ生徒を見舞に行ったら、その姿は、もう見えなくなっているのが常であった。私はこうした苦悩に満ちた慰問巡礼を二ヶ月間、毎日続けたが、とうとう私自身、極度の疲労と原爆症悪化のため倒れ、福岡の大学病院に入院し、診察を受けたが、私のからだには、白血球が平均所要量の三分の一しか無いとの診断であり、相当量の輸血を受け、少くとも三ヶ月間の療養を必要とされたのであった。しかし、私は学校の事が気がかりで、じっとしてはおれなかったので医師たちの強い抗議を押し切って、一ヶ月半だけの入院生活の後、病院を辞し、広島に帰って、学院の復興に懸命の努力をしつづけたのであった。広島女学院は、原爆によって十八名の教師と三百五十二名の学生々徒を失い、私の最愛の妻も犠牲になり、校舎、設備、諸道具一切を焼失してしまった。多くの人々は、私の前任者までも、広島女学院は、もう、これで終りだ、復興など不可能だ、と絶望的な歎声を発していた。しかし、私は、そうした絶望的な声に動じることはできなかった。神の御名の下に、信仰の熱い祈りをもって創設された我が学園は、何物によっても、破壊力を誇る原子爆弾によってすらも、絶滅されることはあり得ない。その事を私は立証してやる、と言って、頑張りつづけた。

そこで、原爆投下後、四ヶ月たった頃、郊外の牛田所在の小学校の教室を借り、生き残った生徒たちに呼びかけ、数名の教師たちの協力を得て、授業を再開したのであった。八十三名の生徒が集まって来たその多くは、頭や腕や足に繃帯《ほうたい》を巻きつけ、ある者は杖にすがって、足を引きずりながら加わって来た。哀れな、しかし、健気な生徒の群れであった。彼らに対する私の歓迎と激励の言葉は、嗚咽まじりで、とぎれ勝ちであった。しかし、翌年早々には、牛田山の校地にバラックの校舎を建て、戦後閉鎖した海軍兵学校から机や椅子を譲り受けて使用し、兎にも角にも女学院自体の所有地で正規の授業をするに至ったが、これは原爆後、広島市内の諸学校中、最初の再出発の例であった。更に二年後には、市内の校地に、幾分しっかりした数棟の校舎を建設したが、これまた、市内最初の校舎であった。こうした絶え間ない努力は、私の健康をさらに損ねるに至ったので、根本的治療の必要が痛感されていた折柄、米国教会関係からの招きがあったので、渡米して、ニューヨーク州の、あるサナトリウムに入院した。原爆患者にしてアメリカに渡ったのは、私が最初の人間であったので、医者たちは非常な好奇心を燃やし、私をモルモット扱いして、色々いじくり回したが、結局、どうやら、まぐれ当りに当ったらしく、二ヶ月後には退院することができたのであった。退院するや否や、私はほとんど全米の学校、教会、ロータリー・クラブ等から講演を頼まれ、結局、一ヶ年半の間、殆んど全米にわたって、原爆の体験を語り伝え、かかる非人道的兇器は絶対に使用すべきでないこと、更に、かかる兇器を用いる可能性のある戦争そのものを廃止すべきことを、説いて回った。

その後、諸種の用命を帯びて、数回にわたって渡欧米したが、その都度、諸学校や諸教会において世界平和を提唱したのであった。

特に、一九六四年の春には、ヒロシマのワールド・フレンドシップセンター主催の平和使節世界歴訪団、全員四十二名の団長として、米国及び欧州諸国、ならびにソビエト・ロシアを歴訪し、真の世界平和の実現を唱え訴えて回り、いたるところにおいて、多くの人々の共鳴と支持を得た。この旅行中に、米国の前大統領トルーマン氏、国連総長ウ・タント氏、ベルギー王ボードゥアン一世陛下の方々と会見し得たことは、有意義であった。また、ニューヨーク市カーネギー・ホールやモスクワのゴルキー記念公園における、それぞれ約三千名の聴衆に対する平和提唱も効果的であった。一九六九年の夏には、六名のものが専ら個人的接触を主として、私を団長として米国に渡り、二ヶ月にわたり平和使節の役割を務めたのであった。到る所において、平和を希う人々に出会い、私たちと共鳴してくれる方々と協力を誓い合ったのではあるが、さて具体的な方策いかんという問題になると、甚だ頼り無い感じをし勝ちであった。たとえば、私はカリフォルニアのある大学で、教授学生たち約五百名に対して話をしたが、私の話が終わるや、一教授が立って、「松本君の話は結構だが、現実的でない。我々は現実の世界に住まっているのだ。従って、お互いに現実的な方策を講じなければならぬ。そして、現代の世界において平和を維持する唯一の現実的方策は、バランス・オブ・パワー以外にないのだ」と、私の所論を批判したのであった。そこで私は再び立って、こう述べた。「教授の念頭にある現実とは、いったい何か。それは明らかに、爆弾や戦車や軍人等であろう。これらを備えて、所謂バランス・オブ・パワーを維持しようというのが教授の主張らしい。しかし、そんな事で、真の永遠の平和が保たれると、真面目に信じているのか。真の現実は、家庭、社会、国家を正しく確実に維持している愛、協力、信頼、相互扶助ではないか。軍備の拡張や維持のために諸国が浪費している莫大な資金の何分の一でも、こうした精神の養成、促進に用いることこそ、真に現実的な方策だというべきではないか」。この私の論駁《ろんばく》に対して、五百名の学生は、盛んに拍手して賛意を示してくれたのであった。最近、一部の諸大国において軍備制限の協定がなされ始めていることは、喜ばしい傾向と言えようが、結局、これもバランス・オブ・パワー式の方針に外ならない。つまるところ、世界平和の問題は、単に政治的な問題ではない。それは、正に、精神的課題なのである。戦争を絶対に排し去る確実な道は、平和を真実に追求し、人類愛を確実に体得する以外にない。「御国を来らせ給え、御心の天に成る如く、地にも」との祈りが、人類全体の心からの熱祷《ねっとう》とならなければならない。平和は、小賢しい工夫によって実現するものではない。それは、究極において、誠実な人類愛に基づくものに外ならない。

ヒロシマに投下された原子爆弾の非人道的、いや悪魔的災害を蒙り多くの被爆者と共に死ぬべかりしこの私が、なお生かされているのは、被爆者の一人として、「ノー・モア・ヒロシマズ」

を全世界に向かって叫び提唱する使命を課せられているからと信じる。過去の悲惨な経過について、泣きごとをわめき立てるのは、私の本意ではない。むしろ、前向きの姿勢で、今後、絶対に戦争なき世界平和を希求し、促進し、実現するために、この身を献げること、これが私の祈りであり、願いなのである。

愛し児よ

薬店経営
落合フミコ

当時、竹屋国民学校の二年と一年だった幸雄さん、津紀子ちゃん、八月六日のあの朝、空襲警報解除になった直後、何だかそわそわ気の落ちつかない母の私が、二人に「きょうは学校を休みなさい」と言ったが、その言葉を聞かないで「空襲警報が出たらすぐ帰るけんね。そ!!でもこのごろは一時間しか授業がないけん、一生懸命勉強するんよ」と言って、振り返って手をあげて登校したあなた方二人は、そのまま、かあさんのところへは再び帰らなかった。

私はあの日のことを、二十六年後の今でも、まるで昨日のように　次々と思い出すのよ。太陽がまともに目の中に入ったと思った途端に、遠雷のような響きと共に爆風のためにくずれた。下敷になったのです。やっと二階の屋根を握りこぶしで突き破って、地上に出たのは何分後だったでしょうか。長い時間だったのか、短かかったのか、見当もつかなかったけれど、わが家の付近に落ちたと思った火の玉は、空中で炸裂して落ちた火の玉の一つだったらしく、学校の方角を見た途端、学校は地獄の火につつまれていました。そのときの驚き、心臓の動きも一時止ったような絶望感。

東洋工業の夜勤明けで、わが家の近くまで帰っていた、あなた方のとうさんのけがと火傷を見ながら、かあさんはあなた方を捜しに、こわれた屋根づたいに、学校に行ったのです。学校の講堂の焼け落ちる音、吹きあがる火の粉、そして、前から吹きつける火焔に、自分の頭髪がチリチリ焼ける音を聞きながら、マッチ箱をふみつぶしたようになっている家までいったん引き返して、とうさんを肩につかまらせ、まるで背負うようにして、比治山橋まで出たのです。その時の橋上、橋下の地獄図絵。かあさんはこのむごたらしい状態を口にも、ペンにも、記すことはできません。

あなた方は、この橋まで逃げて来ることができなかったのですか。どんなに熱かったでしょう。どんなに苦しく、早く家に帰りたかったでしょう。ごめんなさいね。かあさんはあなた方二人の身代りになることができなくて、今でも悲しい思いでいっぱいです。

八月八日、とうさんが旭町の被服支廠《ししょう》で亡くなるまで、あなた方二人の身を案じながら、おおぜいの学徒の身の廻りの面倒をみてきましたが、次々と父母の名を呼びながら亡くなられました。

少し静かになった、おとなしくなったと思ったときは、みんな息を引き取っておられるのです。かあさんは、どうかしていたのでしょうか。あなた方二人の苦しみを思い、そして、次々に亡くなっていく、おおぜいの方々のありさまを見て、悲しくてたまらないのに、ただ茫然とするだけで涙も出ないのです。そのとき宮坂の美枝さんが（当時五年生）助かっているのを見て、急に希望がわき、比治山周辺の防空壕、そして治療所をはじめ広島中、終りには、宇品から似島《にのしま》へ、市内の東西南北の果てまでというけれど、西は廿日市まで捜したのです。

焼野原のあちこちに無数の死体が転がり、とっくに死体だと思っていた、その中の死体らしい焼けこげて蛆《うじ》のわいている人から声をかけられ、水を飲ませてあげたり、小さな木片を拾って、折って箸のようにして、その蛆をつまんで取ってあげたり、立ち去り難い気持ちのまま、幸雄さんら二人を捜すため、慰めの言葉をかけて、どこの方かわからぬその人と別れましたが、あのようすでは、あの方も間なしに浄土へ旅立たれたことでしょう。

その後、何年間か、かあさんはたびたび、戦災児を収容している所を、何個所か捜して歩きました。あの劫火《こうか》の日、無理にでも休ませていれば、二人を失わないですんだ、こんな悲しみ、淋しさを味わなくてもよかったのではないかと悔まれてなりません。あの日の何日か前に竹屋においでになり、受持ちになられた、貞広先生も亡くなられたそうです。お気の毒と言うほかありません。せっかく人間として生まれながら、あんな目にあうとは、虫ケラを足下に踏みつぶすような目にあうとは。

かあさんは今でも、幸雄さん、津紀子ちゃんとお話がしたい時は、仏前にお念珠を持って、あなたたちの前で夜を明かすことがあります。そして、座ったまま、ウトウトしたときでした。「かあちゃんが悲しむから」という、津紀子ちゃんの声を聞いたのです。一人残ったかあさんも、あまり健康でもなく、気の休まる日もありません。

あの時の多くの先生、児童のはらった犠牲は、ほんとうに尊い、大きいものでした。今でも、悲しみに堪えられないときは、涙で念仏が声にならないのです。

ときどき広島に出ますが、この自分の歩いている、コンクリートの道路の下に、おおぜいの犠牲者の方々が肉親の名を呼びながら亡くなり、遺骨もまだそのままになっているかも知れないと思うと、何十万かの犠牲者の方々に、心の中でお詫び申し上げるのです。

夜明けの前が一番暗いと言います。悲しいことだけど、おおぜいのみなさんの犠牲によって、あの暗い、永い戦争は終わりました。不幸な結果に終わったのですが、みなさんの犠牲が無駄にならないよう、平和が永く続きますよう、心から念じております。残った被爆者はみなさん方の冥福を心から祈っております。あの時の犠牲者の方に、安らかにと言う言葉は、適当でないかも知れませんが、ただただどうぞ安らかに眠ってくださいと申し上げるほかありません。

合　掌

息子は七才で死んだ
―被爆二世の死―

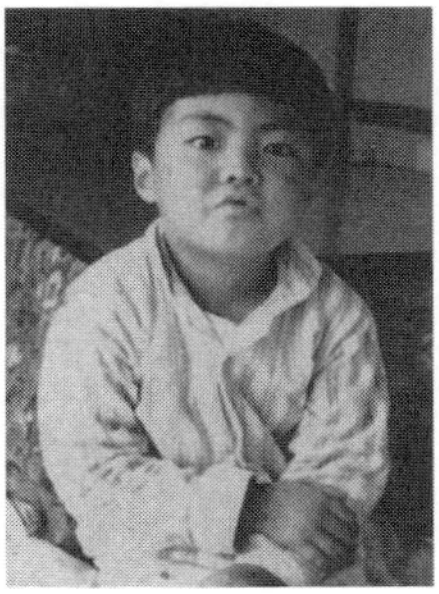

高校教諭・被爆二世の会副会長
名越　謙蔵

骨も血も内臓もすべて侵されて
　いつ治るかと　思いつめる吾子

次男の史樹は、白血病という恐しい病気にかかって死んだ。七才六ヶ月の短い生涯だった。

　史樹は牛田小学校の一年生であった。忘れもしない。昭和四十年七月二十九日、当時四才だった史樹が、白血病を宣告された日を……。

原爆が落とされた八月六日を目前にして、ヒロシマは、燃えるように暑かった。史樹の手足の関節が、一度に痛みだして、歯ぐきが腫れ上がり、顔がゆがんできていた。妻が「白血病じゃないかしら」と、言った。不吉な予感が、私と妻の顔の間を走った。

妻が被爆していること。被爆者の子どもに、何か遺伝的影響があるのではないかという不安。――被爆者の誰もが、抱いている不安――

妻の第六感が、当らなければ幸いである。しかし、広島大学病院での診断は、急性白血病であった。それは、死の宣告であった。

生まれて間もない、やっと物心ついた、かわいい盛りの四才の子どもに、生きながら死の宣告とは、どうしても自分自身を納得させることができなかった。医者は言った。「約一年の寿命である。発病後、一週間で死ぬ場合もある」と。闘病生活が始まった。言い知れぬ闘いであった。私は、日記に次のように書いている。

「発病して以来、一年九ヶ月が過ぎた。喜びも悲しみも、史樹と一緒だった。一日一日、死との対決だったとはいえ、秋が過ぎ冬が過ぎ、かくて二度目の春がやって来た。春が来れば、史樹は幼稚園を卒園して、小学校一年生となる。病に侵されながらも、史樹は、確実に成長していた。父として、それは驚きであった。

卒園式の日に、史樹は、一冊の絵の作品集、「あゆみ」を持って帰った。その中の一枚に、大きな赤い色の鯛が、緑色の海藻を大きな口をあけて食べている。その鯛は本当においしそうに食べている。

鯛は、昔から「メデタイ」魚という。私はそこに、史樹の生活を再発見したように思った。それは父として大きな驚きであり、大きな喜びだった。私は早速、その絵を壁に貼ってやった。

おばあちゃんは、小学校一年生になる史樹のために、一番大きなランドセルを奮発してくれた。

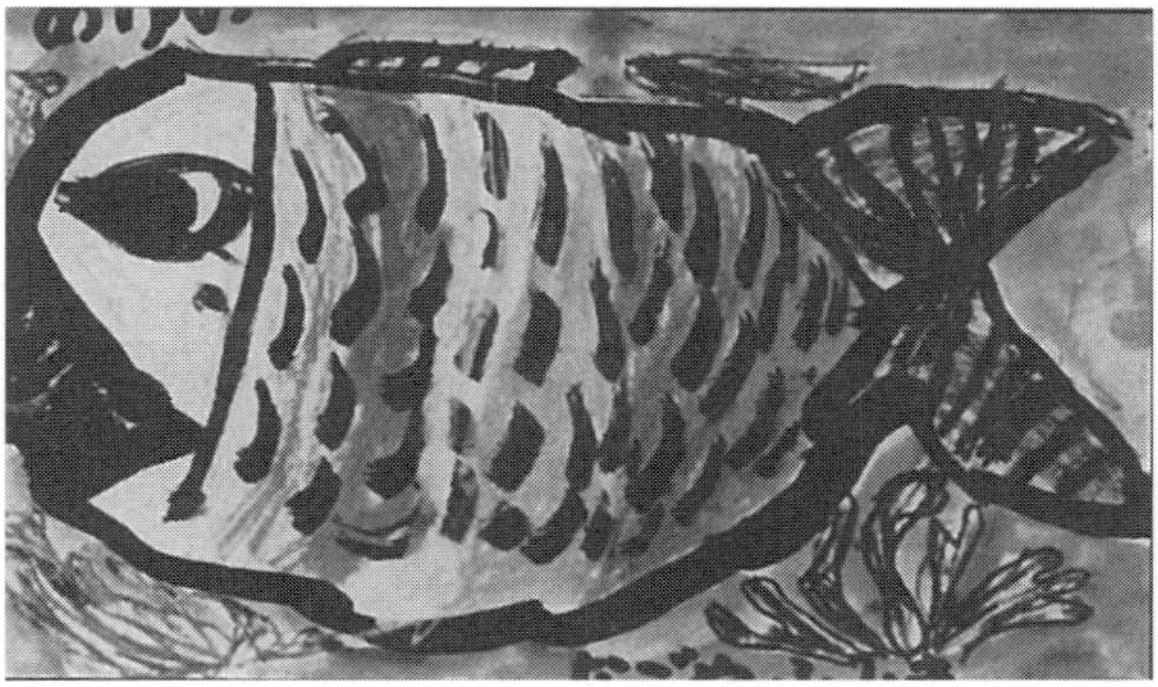

史樹は、柄が大きく肥ってもいたから、ランドセルがよく似合った。ランドセルに、交通安全の黄色いカバーもかけた……。」
妻は、働きながら、看病しながら、日記に次のような詩を書いた。

千羽鶴を／千羽折るという意味が／いまやっとわかったのです／それは／一日一日／
生きのびていく／ということです／一羽の鶴を／折る毎に／いま／史樹とわたしが／
生きているということを／確かめるのです。

父の願いも、母の願いも空しく、死が史樹を奪い去っていった。発病以来、二年六ヶ月の短くて長い生命の燃焼であった。
史樹のたった一つの願い、それは、「僕、生きたかった」であった。昭和四十三年二月二十二日、午前二時四十五分、史樹は、最期の息を一つ、しっかり吸った。
夜が白々と明け始めた。ヒロシマは、ボタン雪が風に舞っていた。その日から四年の歳月が流れた。悲しみは、つのるばかりである。被爆者の子供が、白血病で、死んだのだと聞くとき、忘れようにも忘れられないのである。いや、忘れてはならない。私はその新しい犠牲者の死の床へ馳せ参じ、そこに史樹の顔と同じ顔を見るのである。急性白血病が、被爆者の子供をねらいうちしている。

世界に平和が来ない限り、原爆や水爆をなくさない限り、この不幸は続くのである。

原爆の日、母は

高校生
両羽　順子

私の母は特別被爆者だ。昭和二十年八月六日、爆心地からわずか九百メートルの所、横川で被爆した。その時の傷跡は今もはっきりと母の腕や耳に残っている。そのため母は時々腕を使いすぎると、痛くてどうしようもなくなる事がある。原爆のその日母は、腹痛を感じながらも、学徒動員の工場へ出かけた。席につくと同時にピカッと雷のように光ったのだ。その後すぐ、ドオーンとものすごい音がして、頭や体の上に数々の物が落ちて来た。火の手がゴオーッと回って来ている。母は必死の思いで体の上の物を払いのけて、外へとび出した。「その時出て来られんかった者はみんな死んだんじゃろうねぇ」と母は淋しそうに言う。母は耳の上の方がとれかかってぶら下がっていたのに、血まみれになりながらも、友達二人と逃げた。途中の道で「助けてェー。助けて下さーい」という、人の声か動物の声か解らない声を聞きながら……。道端に座っている人の頬を見ると、一秒一秒たつうちに、皮膚にだんだん水が溜まってぶらさがってきていた。牛が立ったまま、眼球がとび出して、死んでいるのを見たりして、母や友達は、ただの爆弾ではないということがやっとわかった。その時、爆心地付近の電車がグチャグチャになって、乗っていた人は真っ黒こげになり、男か女かわからないという、ものすごい情景を母は見ている。母がもう五分工場に着くのが遅ければ、この電車に乗っていたのだ。そう思うと、このため亡くなった人には悪いけどゾッとする。

川は死体が流れて行く。一メートル四方の燃える物が降って来る。友達の脚には直径十センチの穴が三、四ヶ所。母は十五才の若さできっと心細かったと思う。それから川を泳いで渡る事になった。橋はみんな落ちていたのだ。両手に友達をかかえ、溺れて沈んで行く人を見ながら、涙さえ流す暇もなく、母は川を渡った。その後すぐ陸軍病院へ連れて行かれ、手当を受けさせてもらった。その病院へ行く途中の友達の格好は、下着一枚だった。上着を脱ぎ、顔に十センチくらいの傷がアングリ口をあけているのを押えていたのだ。その時は恥しいなんて言っている場合ではなかった。その日すぐ、病院に行けたから、母は助かることができたのだろう。

翌日、その翌日と来る人達は頬や、手足を二倍、三倍にも腫らして、麻酔なしで切り開いた。そしてうじ虫を洗い流す。流しても流してもうじはわいてくる。母は真っ黒こげの人や、「お母さーん」と叫ぶ子を見たりしても、何も思う事はなかった。余りのショックに母は口を開く気にもならなかった。私はこの話を聞きながら、今の母の事を思ってみた。二十六年たった今も、母は余り話したがらないし、辛かった様子も見せない。でも、母は非常に疲れやすいし、体がすぐ痛くなる。その母の子――私だって、世に言う被爆二世である。もしかして白血病に……という不安がないでもない。でも、その不安を乗り越えて、訴え続けなければならない。戦争を、原爆を二度と再び繰り返してはならないと。そうしなければ、戦争や原爆で死んでいった人々の命が全く無駄になってしまうのだ。私達が差し当たってしてあげられる事といえば、悲しいがそれぐらいではないだろうか。

両親を亡くして

洋服販売業
冨士本　恒

私は、家の近くの海で泳いでいた。突然、ピカッと光った閃光は私の目を貫いた。ドーンという不気味な音に、思わず水中に頭を突っこみ海岸に泳ぎついた。やがて、もくもくと、湧きあがる。黒い雲、広島市中央から火の手が上がる。空襲警報が解除になり、安心して広島へ仏壇を買いにいった母の姿が脳裏をかすめた。その時、私は六才になったばかりだった。似島《にのしま》には、その日の正午過ぎから真黒く腫れあがり、男女の区別さえわからぬ被爆者が、次から次へと運ばれて来た。しかし、いつまで待っても母は帰ってこなかった。私の祖母は、母を探しに、翌日から毎日広島へ行ったが、ついにどこで死亡したか、行方不明であった。その日、定期便で広島へ行った人は、全員帰って来なかった。年をとるに従って、その日のことが昨日のごとく鮮明に浮かびあがってくる。当時六才の子供心には、母の死がピンと来なかった。一年、二年と経つうちに、その悲しみは、だんだんと深まっていった。父は中国で戦死していたので、姉と私は戦災孤児となってしまった。幸いなことに、私たちには、しっかりした祖母がいた。島には、野菜、果物などがあり、戦後の食糧困難をなんとか切り抜けた。その中で一九四五年から一九五五年の十年間が一番苦しかった。

戦後、戦災孤児を受け入れる施設である「似島学園」ができた。孤児たちは、それまで食べ物はなく、一かけらの食べ物を求めている犬ころのような生活が続いた。祖母は、口癖のように「その人たちとくらべりゃ、幸せじゃ」と言っていた。

子供にとって一番不幸なことは、両親が揃っていないことだ。これは、孤児になった者でないとわからない。それは、被爆者の苦しみは被爆者でないとわからないのと同じことです。両親を一番必要としたときは、結婚前だった。私は、そのころ一時、ぐれる危険性はあったのだが、祖母がしっかりしていたので、それになんとか打ち克ってきた。私たちの時代は、過保護の現代っ子と違って、踏まれても踏まれても立ちあがるという、雑草的な強さ、バイタリティがあった。それは、あの時代に共通する特色でもある。金がなければ金持ちの子を誘って、映画に行ったり、買い物にでかけた。その雑草のように生き抜く力が今日の私にしていると思う。

私は、中学校のとき、アメリカの精神養子になった。アメリカのある知名な人が、広島に来たとき、谷本牧師が、原爆の孤児の実情を訴えた。それがアメリカの雑誌に載せられ、里親になりたい人を全米から募集したのである。各校から一、二名推薦された。私の場合は、シカゴに住む、大学の食堂の炊事をやっておられる人で、息子さんは大学の教授という家庭の人がなってくれた。中学から高校まで毎月、二〜三〇〇〇円ずつ、送っていただいた。時々教会で、近況を英語で書いてもらったり、写真を送っていた。最近音信は絶えているが、いつかお目にかかり、お礼をしたい気持ちでいっぱいである。今、私は結婚して、三人の男の子に恵まれている。毎日洋服のセールスをやって、多忙な毎日だ。

この原爆の悲惨さを、私達、戦災孤児は、身をもって体験して生き抜いてきた。この悲惨さは過去のものだが、記録として、その恐ろしさは、全世界へ知らせなくてはならない。社会科の教科書の中にも、原爆の記事は一、二行しかなく、だんだんと姿を消してきていると聞いている。平和教育は、一部の学者でなく、学校教育の中でカリキュラムに組み、しっかりやってもらいたい。

一九七二年、二十七回目の八月六日がやって来た。今年もあの日を思わせる雲一つない青い空、きれいな似島の海を、私は喰い入るように眺めていた。もし、母が生きていてくれたら、三人の孫を見て何と言うだろうか。世界中の人々が、私を育ててくれたアメリカの里親のような気持ちになってくれたら、世界の平和は保てるのであろうに。私は、原爆のため母を失った。その悲しさ、苦しさに耐えて、なお一層たくましい人間に成長していこうと、ひそかに誓った。

この子に幸せを

「きのこ会」事務局長

長岡千鶴野

　夫は配管業を営み、私は家で美容師として、三人の従業員と一緒に忙しく働く日々です。新春の四日間は正月休暇です。東京に美容見習に行った娘は都合により帰れませんでしたが息子二人との四人の家族が揃い、くつろぐわが家に、よくぞ今日までと、まずは感謝せずにはいられません。

　原爆をうけた私達夫婦は寄る年波だろうか、原爆症だろうか、夫は甲状腺に異常を感じ、私は肩の痛みに、最近重い物が持てなくなりました。今年も家族に何事もなく、幸せな年であって欲しいと祈りにも似た気持です。最も気にかかっているのは二十六才になる弘（長男）の将来の生活のことです。原爆投下の時、胎内被爆した結果、小頭で知的障害者という不運な運命のもとに生まれ、体も三人の中で一番小さく、虚弱だからです。就職しても職場を転々として安定せず、今、主人の仕事場で簡単な作業を手伝っていますが、これとて、いつまで続くものでしょうか。

生活を楽しむことも知らず、楽しみは強いて言うならば、独りで映画、テレビをみたり、レコードを買い歌謡曲を聞いたりすることでしょうか。お金を計算することも、遣うことも知らず、運命は弘にこれだけの才能と生活しか与えなかったのかと思うと可哀想でしかたがありません。現在は家族の保護のもとに勤めていますが、読み書きは小学校の二年生ぐらいでしょうか。社会人に混って生きていくことは、とうてい無理だと思います。この息子が結婚したいというのです。

母親として、どう考えたらよいでしょうか。私にとってこの子の結婚を考えることは、予想される問題以上に、更に大きな困難があると思います。しかし、この息子に生活をし、働く喜びをあたえてやりたい。私は命果てるとも、この不運な弘を守り続けさせて欲しいと念じます。できることなら、弘の弟、妹がそれぞれ結婚した後、親子共に軽労働のできる施設に入れていただき生活したいと思います。

思えば二十六年の歳月、不安と苦難、茨の道でした。

被爆した時、ちょうど妊娠三ヵ月でした。直後より一ヵ月にわたり熱、吐き気、下痢、歯ぐき出血、紫斑、脱毛など急性放射能症状でした。そして翌年二月この子は生まれました。

当時は敗戦直後の世情不安と食糧事情も悪く餓死する人さえあった時でした。私たちは原爆で家を焼失し、新円の切り替えで、旧幣は使用制限され、生活はドン底でした。その頃は乳児への乏しいミルクの配給、空腹の故に泣く赤ん坊に、子を抱き、涙を流したこともしばしばでした。これを知った見知らぬ人が、毎日、無料で牛の乳を届けてくださるということがありました。安らかな赤ん坊の寝顔、人の心の温かさに嬉し泣きしました。このご恩は一生忘れることはできません。

三才頃より、言語、動作が普通より劣り、小頭であることが気になりだしましたが、親の情でしょうか、この子への期待、夢を持っていました。小学校時代、せめて努力して普通児の最低にでもと望みました。知恵劣り、共同生活さえ困難であることを弟、妹の手を借りる実情より知りました。まして、学校ではと心配の連続でした。

いろいろな病院に行き、診断、治療を頼んで歩き、種々の方法を試みました。まだ、その当時は原爆の影響だということは公にされておらず、ABCCではこんな例はないと言われました。幼く、無能なるが故に弘は子どもたちにいじめられ、盗み、悪戯に唆《そその》かされたり、あらぬ嫌疑を大人からもかけられたりしたことがあります。この子が不憫で本当に胸の痛む思いでした。

中学校は地域の特殊学級を卒業し、更に二年間親元を離れて障害者施設で訓練を受けました。本当にこの子は無知故に失敗し、叱られ、不安を抱き、日々が苦悩の人生です。「親なきあと、この子は……」とただ心配です。

この頃（一九六五年）弘と同じ運命と境遇の子が他にもいることがわかりました。未だ幼児画を書き、身の処理ができない子、着換えのできない子、精神病院にいる子、さまざまに苦難の生活をしています。

一九六七年この子たちの症状は原爆放射能の影響によるものであることが確認され、医療保護、生活保護の対象になりました。

弘は原爆の話をすることを嫌い、不機嫌になります。忌まわしい原子爆弾の放射能の影響で未来を奪われたわが身の運命と苦悩を、肌で知っているのでしょう。私たちは原爆の生きた証人として「再び、こうした不幸が人類のうえにないように願い、核兵器の使用や、いっさいの戦争のない平和な世界を」祈ると共に、平和を守るために精一ぱいの努力をしたいと決心しています。どうか皆さま、この子たちが少しでも明るい生活ができるようご理解と温かいご支援をお願いします。

あの日から

特別養護老人ホーム「清鈴園」
崎本　亀利

私は原爆投下された二日前の昭和二十年八月四日、広島市内小網町のおばの家に商売の手伝いに行きました。仕事も五日の夕方までにすませ、六日の朝、帰る途中、中島本町にある以前勤めていた家に寄りました。奥さんも午前十時の船で能美島にある故郷に一緒に帰る予定でしたが、急な仕事の都合で、私が先に一人で帰ることにしました。宇品港発、七時三〇分に乗り遅れ、八時三〇分の船を待つ間、退屈しのぎに朝の陽を受け宇品の人通りのある筋道を、船の行きかう港を眺め、ある家に立ち寄りました。その時、突然ピカッと光り、驚きまどう間もなく、家を揺さぶる大音響と共に騒然たる光景と、恐ろしいできごとに、戸外に飛びだした人々、悲鳴を上げ逃げ惑う人々で一ぱいでした。

暫くして、「広島の中心部はたいへんなことになっている。家は全部倒れ火事になって一大事だ」という声を聞いたので、直ぐに小網町に引き返すため御幸橋近くまで来てびっくりしました。先程、電車から見た、建ち並んでいた街筋は全部倒れ、見渡す限り火と煙の海となり、そこに見る人々は傷つき、うめき、ボロ切れのように垂れた皮膚、さまよい苦悩する姿、無言のまま呆然と立った人。これが人間の世界だろうかと頭をかすめる不安、ただオロオロするばかりでした。

道を失い、目標をなくした破壊し尽された家々を、かろうじて通り、中島本町まで行きました。一緒に帰ろうと約束していた、その家の奥さんは、門口で子を背負ったまま死んでおられました。小網町のおばは無事だろうか。破壊された家屋、コンクリート、電線がクモの巣。火煙で先に進まれずその日は家に帰りました。七日は再び私の弟を連れて探しに行きましたが、わからず帰ってきました。

九日、宇品にいるある人から電話がかかり、弟と二人で連れに行きました。全身は焼けただれ、見分けがつかない程でした。家に連れて帰りましたが、四日後八月十三日死亡しました。

私達兄弟も十三日の夕方から熱が出始め、三十九度あまり出たので十四日夜明け、医者を呼んで診察を受けたら、入院するように勧められ、二人共入院し治療を受けました。その後、弟は、二次放射能の影響で私よりも健康状態がすぐれず心臓が腫れ、肝臓が悪化して、昭和三十八年二月十三日に死亡しました。

私も昭和三十九年六月頃より心臓が腫れ、更に調子が悪くなりました。当時、私は原爆手帖を持っておらず、弟の入院費から私の治療費まで莫大な出費で、生活も苦しくなりましたが、苦痛に耐えきれず、私もついに入院しました。入院している時、役場の人の世話で原爆手帖をもらうことができました。昭和四十三年五月に原爆病院に移り、そこで三年間治療を受けましたが、その後、昭和四十六年より現在の日本内外のキリスト教徒たちの募金によって建設された、清鈴園老人ホームに入り養護を受けています。

病床にありて

原爆病院患者
西本シズコ

ああまた今年も八月六日がやって来る。忘れようにも忘れられない、あの悲惨な原子爆弾。あの焼野原。広島一帯をひとなめにした却火。筆にも口にも言い尽くせない酷たらしさ。あの日、ちょうど私の家には近所の人が二人来ておられた。

地獄の門の開いた、あの八時十五分。その二人とも落ちてきた階段の下に圧さえられ、私は少しずつ身体を動かして、やっと気づいた時、着ていたドレスは破れて、何一つ身につけていないので、わが家をふり返ると、もう、近寄ることができないほど燃えている。

あの二人の人は階段に圧さえられたまま、生きながらに焼かれている。私は入ることができない。一刻の猶予もないので心は後ろに引かれながら、少しでも火のない方へと逃げたが、血がポトポト流れ落ち、体には三十八か所の傷を負っていたのである。

その時、勤務していた夫や息子は傷を負っていたが助かり、親子三人、抱き合って喜びに泣いた。被爆直後から田舎に転居した。それから、私は傷の手当てと、止まらぬ下痢のため医者に通うだけで、主婦としての家庭での仕事さえもできない状態であった。被爆してから、ちょうど一年たった八月、体がチクチク痛むので、もしや、家の下敷きになった時、骨折でもしていたのではなかろうかと思って、お医者さんに言うと、ガラスが入っているとの答え。取り出してもらったのを見ると、三センチあまりの三角形の先端に肉がついていた。

あれから二十七年間、八回にわたる入院を思えば、私の半生は入院生活ばかりである。次々にいろいろな病気にかかるその原因が、被爆にあるのである。こんなに苦しむより、いっそあの時、死んでいれば……と思ったことが何度あったろうか。

なぜ、原子爆弾などという人類の敵を造ったり、造らせたりするのだろうか。家族円満に、町内仲良く、国民が手をとりあって、世界の人々は手を握り合って、生きていこうとしないのだろうか。今でも核兵器を造る人間がなぜいるのだろうか。どうして喧嘩をすることばかり考えるのか。人間は一人で生きていけないことを知っているのに……。

六十三歳の老婆には、喧嘩をすることを考え、核兵器を造らせる人の心理はどうしてもわからない。兵器を造らせる人よ、今すぐ止めて下さい。あなたは、なぜあなたの手で人類を滅ぼそうとするのですか。三度、罪を繰り返してはなりません。今すぐ戦争をやめ、兵器を、ましてや原爆の製造をやめて下さい。

慟哭の憤怨

元国鉄機関士（原爆病院患者）
増宮　益夫

一九四五年八月六日、宮島口駅に疎開してある車輛を、広島駅まで空車廻送して、広島より客を乗せて運転する予定で、西広島駅の構内まで来たときであった。「ピカー」と閃光が突然にひらめき、目の前の強力な光に目がくらんだ。瞬間、近所の子どもが鏡で太陽光線を反射させていたずらをしたのだなと思う間もなく「ドーン」と大きな爆発音がした。近所に爆弾が投下されたと思い、汽車を急停車させた。

次々と起こる奇怪なできごとに恐れおののき、地に伏せた。

しばらくの時が経過して、近くの様子を眺めると、家々の瓦はくずれ、火の手の上がった家もあった。時間が経つにつれて、被爆者が線路や道路を徒歩で広島の郊外、草津方面に群がり歩いていくのが見えたその姿は蜂に刺されたように、腫れあがり、皮は剥《は》げ濡れ塵紙《ちりがみ》のように垂れ下がり、被服は破れ肌を出し裸同然であった。逃げる途中、路上で死んでいった人もたくさんあった。

同乗の機関助手と、これが人間の姿であろうかと話した。しかし、この人々は歩くことのできる人々であった。重傷で動くことの出来ない人々、家の下敷きになり猛火に包まれ、苦痛と死の恐怖から必死に「助けてくれ！」と叫んでいた人々。最期の全力をしぼった絶叫は、幾万人であったろうか。瞼を合わすと、二十七年前の焦熱地獄をまざまざと想い起こすことができる。ただ一発の原爆によって起きた、このことは命のある限り忘れることのできない傷痕である。

二十六年後の今、一九七一年二月二十日、私は風邪のため近所の医院で診察を受けたが、私の病気は小さな町医者ではどうにもならないものらしかった。「大きい病院で精密検査を受けなさい」と、その町医者は私に気の毒そうに言った。私はその年の二月二十四日に、広島国鉄病院で診察を受けた。さらに市民病院であらゆる検査をし、不治の病である原爆病と診断された。そして専門の広島日赤病院に入院し、八月二十五日退院、十一月九日、原爆病院に入院し現在に至っている。

一九七一年二月十日、原爆病院における昨年一か年の診療概況が新聞で発表された。「死者七十六名、この病院開設以来の年平均五十六名に対して最高の人数、特に胃ガン、肺ガンなど悪

広島県産業奨励館（被爆前の原爆ドーム）／広島平和記念資料館提供

チェコの建築家ヤン・レツルの設計で1915（大正4）年4月5日に竣工、同年8月5日に「広島県物産陳列館」として開館、1921（大正10）年に「広島県立商品陳列所」に改称、1933（昭和8）年に「広島県産業奨励館」と改称された。物産の展示・即売、美術展覧会、博覧会などが行われ、戦時中は官公庁などの事務所として使用された。

性の腫瘍が激増している」と重籐原爆病院長は言っておられた。

私も肺腫瘍という病気である。脳天をハンマーで打ち砕かれたような気がした。ガンという病は不治の病である。ガンの宣告は死の宣告である。体力は刻々と衰え、抵抗力は弱まっていく。

ガンの治療とは患者自身と、それを見守る家族には拷問にも似たものであり、それに耐えねばならない。いろいろな苦痛に耐えながら、こうしてまで、なぜ生きなければならないかと想う。子供たちのために一日でも長く生きていたいとは思いながらも、この数々の苦痛には生きる力も失せがちである。だからと言って自殺することもできない。この苦しみは家族には秘密にして、私一人で苦悩に耐えようと覚悟を決めていた。しかし、今年から幼稚園に行く孫が、母親と一緒に病院に来たとき、「おじいちゃん、ガンでしょう。びょうきはなおるんでしょう。しなないでね」と言う、覚悟も決意も揺らいだ。

病床不安に包まれ、長い孤独と苦悩の時が続く。時々、見舞に来た人々の励ましの言葉に、回復の希望を抱いたり、私の子供の頃からの楽しかったこと、悲しかったことを思い出す。そして、人生の無情と空虚に対して人知れず涙を流し、枕を幾度か濡らすのである。

昨年、八月六日、病院の屋上より下の元安川の「とうろう流し」(原爆で亡くなった人の霊を弔うため)を見た。そこにも、ここにも、故人の霊を乗せた灯籠は川下に流れ出す。小さな火は光の列となり、あるいは集団となって川を下っていく。集団より一つ離れて行きかけるのがある。丁度、子供が列から離れて一人道へ走り出すように……。

私は原爆病院に再び入院して、回復を願い、幸せを願ってみた。

しかし、悪い条件が次々と重なっている。今や病状も末期的であることを自覚している。天寿を全うして土に帰りたいが、私の命は八月六日まではもたないだろう。

今年は私もあの灯籠に乗って永遠の世界に流れて行くだろう。思えば、原爆一個で哀れな人生となってしまった。

　人間は物欲により　核爆弾を持つ
　人間は物欲により　核戦争をする
　人間は物欲により　戦争を起す

全世界の人々が原爆に対して再認識されんことを心より願う。

総ての階級に生きる者——智者、学者、権力者、支配者、財産家、といえども、どんなに欲望を求めたとしても、人間は本来、裸で生まれ裸で死ぬることを忘れてはならない。

私は願う。全世界の人々が死に直面して、静かに自分の過去を振り返ってみて、住みよい、楽しい人間の世界であったと思うような、また、再びこの世に生まれくることがあるならば、人間の世界に生まれたいと強く願って死んでいくような世界をつくるために努力してほしい。このような苦しみを受けるのは私たち被爆者だけで終ってほしい。子や、孫たちが再びこのような苦しみを受けることのないようにお願いします。

ノーモア・ヒロシマ

被爆者は、私たちだけで終わらせていただきたく、お願いします。

被爆者の苦悩は続いている

主婦
行成　春子

私は広島に原爆が投下された当時、爆心地から約一・八キロ隔てた松川町に住んでいました。当日は主人が公務不在のため、私が勤労奉仕員として、鶴見町の家屋疎開作業に行きました。当時二才になる子供がいたので、次男宏（七才）がその守りをしながら、私の瓦運びを手伝ってくれていました。

八時十五分、人類史上最初の原子爆弾が投下され、一筋の閃光と大音響は、たちまちこの世ながらの焦熱地獄と化し、私等親子三人も全身大火傷と打撲を受けました。一緒に作業していた人々はほとんど焼けただれ、その場で死んでゆく人もたくさんありました。私は皮膚が一枚一枚引き裂かれたのではないかと思いましたが、すぐにそばの水桶につかって、必死になって子供二人を両わきにかかえ、比治山方面へ逃げ大洲で倒れているところ軍隊のトラックに救われて、油を塗ってもらい船越小学校講堂のむしろの上に収容されました。

私と次男は火傷と打撲で身動きも出来ず、小さい方の子供が声もなく死んでゆくのを、どうすることも出来ず、断腸の思いで泣くのみでした。数日して主人が召集解除後、尋ね捜して来てくれた時は、傷口からうじが這い出る程の悲惨な有様でしたが、辛さも忘れて嬉し涙にくれました。

家に運ばれた私と子供は、一年ぐらい薬もろくにつけぬまま寝たきりでありました。以来、えたいの知れない内部的な原爆症に悩まされ、継続的に医者にかかっていますが、ほとんど効果はなく、今頃でも頭と両腕の火傷のあとがうずき、特に右手首のひどい火傷により屈伸がきかず、冬季の痛みは去りません。家にいても良くなりませんので、逓信病院に三ヵ月、原爆病院に一年位、二回入院加療しましたが効果がないので、昭和三十年ＡＢＣＣ（原爆傷害調査委員会）に連れてゆかれました。丁寧に取り扱ってはもらいましたが、強烈な薬のためか、咳や吐き気、興奮して眠れないので一週間もたたないうち逃げ帰ったこともあります。昭和四十三年頃、大学病院に六ヵ月入院しましたが、やはり思わしくなく、家の都合もあるため退院して、現在町内の診療所に通院加療しております。私と同所で被爆した次男は、顔・胸・腹・両手を焼かれ、いまわしいケロイドとなり、左の目玉はほとんど視力なく、治療不可能となりました。小学校に通うようになると友人にからかわれて泣いて帰ることが多く、そのたびにみんなで悔し泣きする。成人しても就職や結婚には大きな障害となり、前途を悲観してとんだことにならねばよいとのみ念じている毎日であります。長男は当時十二才で、自宅で留守番をしていて柱の下敷きとなり、その時の打撲傷がたたり現在外科医院で治療を受けています。また主人は爆心地から約四キロはなれた己斐町で被爆、外傷はなく当初は吐き気で困ったくらいでしたが、今頃は特に病気はせずとも、疲労度が激しいようです。

残虐極まる原爆投下により、一瞬にして二十数万の広島市民はその場でもだえ死にましたが、幸か不幸か生き残った私達も外傷やケロイド、内部的疾患により、不安な生活を送っています。そのような戦争犠牲者の現状を忘れないで欲しいと思うのは私達のみではないでしょう。私は被爆後二十七年を経た今日もなお、被爆者の苦悩は続いていることを訴えるとともに、アメリカ国民の道義的責任の追求と、わが国政府に対し、国家の責任においてこの損害を補償するよう願うことは、私達被爆者の心からの叫びであり、これこそは真の世界平和の礎であることを信ずるものであります。

魔の放射能——被爆老人の苦悩

元広島駅助役（自宅療養）
折手　元一

私は当時、広島駅助役として勤務しておりました。

八月六日、その朝は昨夜からの仕事で交替時間も間近、貨物列車の通過を見送るため、三番ホームに立っていました。

そのときは、空襲警報も解除になり、雑踏する朝の駅ホームでした。突然、強烈な光、天地を裂かんばかりの轟音でした。気がついた時、線路の上に爆風で吹き飛ばされていました。破壊された駅は、苦痛、助けを求める声、死者、一変して地獄の場となっていました。部下も柱の下敷になって即死しました。私はふしぎにも外傷さえなく、混乱した当座の用務するすべもなく終えて、東海田（広島より約六キロ）に歩いて帰りました。途中、長蛇の被爆者の無言放心の列が続いていていました。家に帰ったのはその日の一時ごろでした。翌朝、市内は焼け残りがくすぶり、道路も通行のできる状態ではありませんでした。列車は完全にストップ。交通機能も麻痺、駅舎の整理作業ばかりでした。一週間ぐらいそんな毎日でした。

その頃から体の調子がおかしくなりました。さいしょ、夏の暑さのためだろうと思いながら一日、二日と勤務を休んで休養しました。回復を待っていましたが、回復する傾向もなく、得体の知れない不安な病状に病院を尋ねてみました。はっきりしないままに自宅療養し、少し調子のよい日は勤務しました。私の体の調子というのは倦怠感、疲労感が極度に高く、それ以上に苦痛であったのは、頭から首筋にかけて皮膚病と、次々とでる吹出物。とても勤務に耐えられる状態でなく、頭髪も完全に抜けて丸坊主になってしまいました。その後、復旧した広島にできた市民病院、県病院にも診察を受けましたが、いずれも原爆の影響だと言われ、長時間の療養が必要だということでした。

昭和二十三年十二月、体力が弱り職務に耐えられず、依願により国鉄を退職、療養に専念することになりました。地元の谷外科病院に通院、回復の微候もなくＡＢＣＣ（原爆傷害調査委員会）へも行き診察も受けましたが、原爆症というだけの結果でした。昭和二十四年の春より病状に馴れたと言うより生活費が必要なため、地元の農業協同組合の軽作業につきました。その後も数年治療の手立てもなく、ここの病院でこれはという療法をことごとに試みてみましたが、効果なく年月が経ってしまいました。

昭和三十年ごろより髪も生え戻り吹出物もだんだん少なくなって、十年余りの重苦しい気持ちも薄らぎ、倦怠感も軽くなってきました。仕事の傍ら少しの畑仕事もできるようになり、回復したものと喜んでいました。それから約十年、大病もせず戦後の苦しみを忘れた倖せな生活がつづきました。昭和四十五年あたりから、再び原因のわからない倦怠感、極度な疲労感に襲われ、年齢のせいかと思いながらも、あまりにもひどいので広大付属病院の診察を受けました。年齢のせいもあって急速な回復も望めないとのことで、現在も通院し、呼吸器と泌尿器系の治療を受けております。私と同じような症状で苦しみながら日々の生活と戦っている被爆者はたくさんいます。

人類が二度とこんな惨めな経験をすることのないように祈っています。

韓国人被爆者の願い

韓国居留民団広島地方本部事務局長
姜　文熙

一九四五年八月六日

この日こそ、人類史上、初の原爆が投下された日であり、私達広島に居住して居た韓国人が多くの日本人と共に、あの生き地獄を目の当たりに見せつけられ、体験した日なのである。二十六年経った今、偲いは遠くなったとはいえ、私の脳裡に強く刻みこまれている、あの惨状は、生ある限り忘れることは出来ないであろう。我々の子孫が二度と再びあの様なむごたらしい現実に遭わない為にも、又、此の世の何処かで起こり得る可能性をみせている戦争への動きを否定する上に、私の被爆体験記が、いささかなりとも役立つなら幸いと思いながらペンをとってみた。

「ピカドン」の後に、広島市の殆んどは焼失し、何十万市民が犠牲となったが、一瞬、町は焔と人間のうめきの中に地獄相をみせられたのである。私の勤務先である三菱広島造船所の工事場といえば、広島駅から六キロも離れた小高い江波山の蔭に守られて、被害は極めて少ない方であった。私は驚きと恐怖のため、放心状態からさめて、造船所から家族の安否を気にしながら皆実町への家路を急いだものの、燃え続ける焔と熱風のため立往生してしまった。時が経ち市内の大半は燃え尽くされ、中心部の福屋百貨店や広島駅の焼けた残骸が、煙の中に遠くかすんで見えたことを良く憶えている。道端に転がる焼けただれた無数の死体と、ふくれあがった、眼のつぶれた被爆者の、悲痛ともいえる、あのうめき声は、今の私には表現できない戦慄と絶望を感じたものである。何故にこの人達が、この様なむごたらしい死を、そして苦しみを味わわなければならないのであろうかと思ったが、これは他人事ではなかったのである。夕方近く軍用船に身をゆだねて、江波から吉島刑務所にそって川下を廻り、煙の立ちこめる町をようやく脱出し、御幸橋に辿りついたものの、此所も無数の犠牲者の群れで橋のたもとの交番がメチャクチャに壊れていた。何とも言えない悪臭に頭痛と嘔吐に耐えながら、千田公園近くの家に辿りついて見たものの、半倒れの玄関近くに焦げた夏蒲団が一枚投げ出され、人影はなかった。夕闇の彼方に電柱が燃えて、無気味な夜を迎えようとしていた。家族を探し出したとはいえども、父は頭をざくろの如く割られ、顔は化物の如く変り果てた姿で陸軍共済病院（現・県病院）の庭に転がっていた。此処とて同じく犠牲者の群れで足の踏み入れる場所もない位の無数の死体と、息き絶え絶えの市民であふれていた。

発見出来た喜びと、負傷の余りの大きさに、驚きと悲しみで父を迎えたものである。父は死を予感したかの如く、何かにすがりつく様なうつろなまなざしで、「死にたくない」と一言いったが、それは空しい願いであった。広島に居住する四万余の韓国人同胞中、李殿下をはじめ二万数千名と共に、死んで行ったのである。父は祖国の土地を追われて、ただ一すじにささやかな生活を求めて、安住の地と定めた広島で、この様な報いを受けるとは、余りにも惨めであった。

弟も広島市に勤務中被爆し、市役所前の電車道で「ピカドン」後の油雨で目がさめ、血だらけのワイシャツ姿で帰って来たが、髪は抜け幾度か血を吐きながら寝ついたものである。良薬を求めて故郷に帰ったが、結局、父と同じ運命を辿らざるを得なかった。

今、韓国の片田舎の土饅頭墓に眠る父と弟が、どんな気持ちで死んでいったのだろうかと、墓の側にたたずんで、あの日の事を偲う時、言い知れぬ感情のたかぶりと共に、あふれる涙をどうしようもなかった。私は妻と共に戦後幾度か祖国に眠る二人の墓参に出掛け、父や弟を、そしてあの日の広島を思い出すのである。福屋百貨店から相生橋に通じる電車道、そして千田町の日赤病院前に、山と積まれた半焼の死体の中から、自分達の家族や友人の遺体を求めていた、多くの市民の幽霊の様な青ざめてやつれ果てた姿は、永遠に私の胸の中から消えることはないだろう。

被爆後、帰国した在韓被爆者の救援活動を行うのは、私の様に、広島で生き永らえている者の当然なすべきことだと思う。そして二度と再び、此の世に核兵器の使用される様な戦争が起きないよう、戦争を否定するのも私達の務めだと痛感するのは、私だけではないと思う。多くの犠牲者を出した御遺族の方々や、心ある人々と共に、こうした運動を続けたいと思う。私の体験記は、ごくありふれたものであり、もっともっと悲惨な目にあわれた韓国人御遺族の方がおられることを知っている。私が被爆後の苦しかった闘病生活に耐えて、今日まで生きて来られたのも、亡き父や弟達の加護があったのではないだろうかと思うことがある。

今でも年に何度か原爆病院の窓口をたたき治療を受けながら、父や弟の分まで長生きをし、みんなの苦しかったあの被爆体験を語り伝え、救援と戦争の悲惨を訴えたいと思う。

原爆体験に根ざした平和教育

高校教諭・全国高校被爆教師の会会長
森下　弘

「広島の、原爆を体験していない若い世代の高校生たちは原爆についてどう感じていますか」

これは、もう今から十年ばかり前、東京の文学同人のグループの友人たちが広島へやってきて、私に投げかけた問いである。

原爆が広島・長崎に投下されて、二十七年経った今日、広島の高校生たちでさえ、原爆問題よりも、公害、交通災害といった文明災害の方がより身近な、より重要な問題だ、と考える者が多い。また、市内のある中学校の入学試験問題に出された、「広島に原爆が投下された年月日はいつか」という問に三割もの小学生たちがよく答えなかった。原爆はもう過去の問題でしかないのだろうか。

一九四五年八月六日、原爆が投下された時、私は十四才、旧制中学校の三年生だった。広島市内東部の鶴見橋地区、爆心より一・七キロメートルの地点で建物疎開の作業中被爆し、顔・手に熱線による火傷を受け、ケロイドになった。同時に家は焼かれ、母を失い、多くの学友を、師を失った。その悲しみ、ケロイドを恥じる気持ち、敗戦による戦後の生活苦、「天皇陛下のために」と信じこまされてきた精神的な支柱を失っての虚脱感、そんな中で「わーっ」と叫び出したいような絶望感、「原爆さえなければよかったのに」という怨念、それらに圧《お》しひしがれ、長い間、自閉的な気持に陥っていった。

「生き残った者が何かをしなければならない、あの巨大な赤々と燃える溶鉱炉に投げこまれたような被爆の瞬間から突如変わった運命を、皮膚のずるっとむけてさまよい歩く人々、膨れ上った屍体の山を、真黒こげの幼児のことを、放射能のため、血を、黒い泡を吐いて死んでいった身寄りや学友のことを、何としても訴えなければならない」という気持ちはずっと内にありながら、結核に倒れ、再び朝鮮に戦乱がおこり、水爆が開発され、私たちは自分の不安と心配とたたかうのに手一ぱいだった。病床にあって体験記を綴り、歌に詠み、被爆者への援護を新聞に投書しながら、かろうじて回復し、学校を卒業し、教壇に立つことにもなった。しかし、ケロイドの醜さを見つめる生徒の目、気持ちを意識して暗い気持になることしばしばだった。

そんなとき「体験を持たない生徒たちは原爆のことをどう考えていますか」と問われて、私はとまどってしまった。

被爆後十数年、そこには原爆を、戦争を体験したことのない若い世代が成長し、登場してきている事実に今さら驚かされるとともに、広島にいながら、日々生徒に接していながら、原爆のことを客観的に話し合ったことがない、よく話しえなかった自分を恥じた。いや、原爆のこと、自分の醜さを思い出しさえしなければ、それに目を閉じてさえいれば、日々の心は平穏だった。無意識に原爆に触れることを避けていたのかも知れない。

質問に触発され、思い立って「高校生の原爆被爆等に関する意識と知識の調査」をはじめた。その結果は「自分は原爆を体験していないので実感にならない」「日々のことに追われて平和を実現するために何をしていいか解らない」「被爆者は気の毒と思うが、自分は何もしてあげられない」という意見の多いのにまたしても驚かされた。

あの悲惨は忘れ去られていいのだろうか。若い人たちに体験を継承し、再びあのような過ちが繰返されないように、平和への意志を培ってゆかなくていいのだろうか。今の核の時代にあって、もし核戦争になれば、体験のない若い人たちだからといって生き残れる保障もなければ、戦争を防ぐための責任のがれもできるわけはない。

放射能による障害は、現在なお被爆者の身体を蝕んでいるばかりか動物実験では明らかなような被爆者の子孫への影響が、人間の場合には存在しないという医学的証明は今のところなされていない。

そこからくる不安、あるいは就職、結婚にあたって、もたらされるかも知れない疎外、それはもはや若い世代自身の問題、お互いの理解と連帯の問題ですらある。

八月六日の広島の惨状を、動員された学徒・子供たちの死・苦しみを軸に再現した劇映画「ひろしま」を生徒たちに見せ、原爆資料館から写真やパネルを借りて展示し、原爆体験記や詩集を購入して読ませクラブで話し合いをさせ、被爆者からなる平和巡礼団に応募し、各国の若い世代にも体験を訴える、などといろいろと自分のできる限りのことを試みた。しかし、継年的におこなう意識調査の結果を見ても事態は好転してはいない。なぜだろう。体験がないというだけではない。もちろん年月が経つにつれ記憶が薄れていくことは確かだ。しかし、教科書を調べてまた驚いたことには、日本の教科書においてさえ、広島の原爆の記述は、わずかに「一九四五年八月六日、広島・長崎に原爆が投下され、ポツダム宣言を受諾して戦争が終結した」という以上には出ていないことだった。それも逐年、原爆や戦争の悲惨、その原因についての考察の記述は減少し、抽象化されており、その背景を考察していくと、教育に対するさまざまな規制が加わっていることも解ってきた。

もはや一個人の被爆者、有志の先生方の努力だけではどうにもならないことを感じた。学校ぐるみ、地域ぐるみの原爆教育、平和教育の必要を思い、かつ訴えた。そうした中で一九六八年〜九年以来、被爆教師の会が生まれ、自主的な原爆・平和教育の教材づくり、教育実践、カリキュラム化、研究がはじまった。一九七〇年には全国被爆教師の会が結成された。しかし、まだそれらは緒に就いたばかりであり、障害も多い。戦争が、核廃棄の問題が、国際的な問題であるからには、平和教育はさらに、国際的な規模で推し進められてゆかねばならない。

被爆者の願い

主婦
辰岩　秀子

朝焼けする様な強い太陽！　何時もの様に武運長久を念じ、蔭膳を子供と三人でお供えして手を合わす。食後表の小川へ洗濯物を持って行き、石段を下りようとすると空襲が告げられた。朝から二回目である。でも此所へは来ないだろうと心にきめ、ひやひやしながらも洗濯して居ると、間もなく解除になった。ああ良かったと石段に上ると、広島の上空に銀色の大きな雲が、ワクワクと押し寄せる様に拡がっている。

何だろうと思っていると、ピカッと空が光り地獄の様なドン！　と無気味な地響きがした。私は急いで二人の子供を両手に、家の中に駆け込んで抱きしめていた。今の音は何だろう、変った事が無ければよいがと語りつつも一向に判らない。九時頃広島の空襲と聞かされゾーッとした。子供を連れて役場の方へ下りて行った。

強い太陽を受けて竹の棒を持った人間のような者が登って来る。何だか様子がおかしい。モンペは破れ頭髪は真白で全部上を向いて、唯棒一本を頼りに歩き続けて居られる。急いで声をかけたが返事がない。広島が空襲だと口走るのみだ。次には片手に胡瓜をかじりながら三々五々歩いて来られる。数は次第に増して来た。もしや姉家族が住む紙屋町も空襲されていないだろうか。だとすると逃れてくれればよいがと心配する。夕方になったが姿は見えない。その中登って来る人は無くなった。不安でならない。少し下りて見よう、ぼつぼつ下りたのについに廿日市まで来てしまった。国道を歩く人があたかも這うようにして赤い着物をぶら下げている。何だろうとよく見ると、体の肉がぶら下がり、顔なんて誰だか分らない。真白い頭髪、破れた着物、火傷した人達がまるで夢遊病者の様に無言で歩き続けている。素足の人もあるがアスファルトの熱さを感じないのかしら。私は一体どうすればよいのだろう。子供は家へ帰ろう帰ろうと言う。夏の陽は漸く傾いて来たし、日の暮れない中に家まで帰らなくては、子供の足で四キロの道は大変だ。その晩、一夜中広島の空は明るい。燃え続けているのだろうか。ついに姉家族の姿は見えない。どうか無事であります様祈る。翌日も不安な一日であったが、陽の落ちた頃、姉がふらりと挺身隊姿で現われた。私は涙を抑えることができなかった。聞けば己斐《こい》の山へ学徒挺身隊として大砲の弾を磨くため、己斐駅に着いた時ピカに遭ったとのこと。

広島の空はどんよりとして見え難いが、天満町から紙屋町迄行って見ると、家は倒れ燃えているのでどうする事も出来ない。電車通り越にある防空壕をのぞいて見ると、顔のズルリとむけた人がしゃがんでいる。アッ！　怖さに逃れたが、後から考えて見ると、どうも母親らしい気がすると言っていた。十四才の少女にこんな勇気がよく湧いたものだと感心させられた。其の晩は涙ながら語り続けた。まだ広島の夜空は明るい。三日目、私は長男を残して、てるみをおんぶして、お結び弁当を持ってMと家族を捜しに出かけた。己斐の近くまでは電車で行ったが、広島は宇品も広島駅も比治山も一目瞭然と眺められ煙にくすんでいる。歩き続けている福島町の土は熱く、ズック靴底を通って足にこたえる。道端に黒い物がくすぶっている。見るとそれは人間か犬か判らないが足の骨だ。歩けど歩けど全く焼け土ばかり。相生橋まで辿りついて、ふと見ると川の中に筏のようなものが浮んでいる。良く見ると火傷した軍属の方が川へ飛び込まれたのでしょう。大ぶくれの方が波に寄せられ集ったようで、ゲートル姿の兵隊さんからは想像もつかない、さながら地獄絵である。背中の子は泣き始める。

Mと二人であやしつつ相生橋を渡った時、飛行機が来た。急いで焼け落ちた建物の鉄骨の蔭にかくれた。飛行機は日本の物らしかったのでほっとした。漸く紙屋町に着く。でも焼の原で、金属のみ褐色に変わって立っている。把手を動かしてみるが動きもしない。モルタル二階が焼け落ちているので、掘っても掘っても焼け石のみだ。家族を捜す人の群が必死の眼で探し求めている。半焼になった人、言いようのない嫌な臭気。日暮れの焼土を踏み踏み帰ることにした。寂しく帰る途中、近郊の学校・お寺・神社等広々とした場所には、火傷した人達が或る人は裸で、或る人は破れ衣服を前に少しあて、目をあける元気もなく、幾百人となくむしろ上に横たわっている。其の火傷の傷口に蝿が無数に留まっている。二、三日後にはうじ虫がぞろぞろと這い出したけど、それには赤チンを塗ってよけるのみで、別に薬とてない。水を求められるので、水を上げると死んで仕舞うと言って出来るだけ我慢する様にして戴く。でも其のまま息絶えていく人が多い。水を上げておけば良かったと残念がる人も多い事だ。市内の焼跡には自分の家と思う焼土の上に、立札が立ち始めた。○○さん生きて居たら○○の方へと。

一日千秋の思いで探し求められる人はまだ幸いの方だ。自分の名前すら言えず火傷に苦しんでいる人は、直接瞬間焼け死んだ人以上に苦しまれた。「殺してくれ」とうなり声をあげる人の姿も忘れる事が出来ない。

日が経つにつれて被害は大きくなり、市内は全部焼け、二十万以上の死亡と聞かされ、私の見たのはほんに一場面にすぎないのだと思った。

十五日の重大放送、思ってもみない負け戦。涙が瞳一杯にあふれる。

前戦も銃後も一生懸命頑張って居たのに戦に敗れるとは！　顔を上げる事が出来ない。止めどなく涙が落ちて来る。戦は終わった。でも私の戦は終わってはいなかった。

幼いてるみは何故か食欲が次第に衰えていく。秋に近づいた頃は、体は痩せ歩いてもふらふらしている。医者に診て貰っても病気不明だと。それでも一時元気になって、一キロの道を往復するようになったが、十一月に入って次第に衰弱して、一向に良くならない。十二月十六日、夕食を坐って食べていたが、急に横に倒れて意識がなくなった。

「お父ちゃんは?」と問えば写真を見て、手を合わせるてるみちゃん、生れながら父の顔も知らない。見ても貰えないで遂に息を引き取ってしまった。運命とはいえ、こんな時代が嫌になる。戦は終わり希望もない世の中で、何の為に生き抜かねばならぬのかしら。てるみが生れてから二年半の年月は、世界の歴史が変わったと同じく、私自身の心構え、人生観が変わってしまった。

あれから二十年。地図は塗り変えられた。原爆記念日にお祭騒ぎするよりも、静かに亡き人々の冥福を祈るのみが願いであり、再び人類がこの苦しみにあうことのないよう願うのみである。

被爆老人の生活

失対労務従事
比嘉　キミ

私自身、爆心より一・八キロメートルの千田町で被爆した者として年々老齢化、孤独化していく被爆老人の問題には、無関心ではいられない。年に二度行われる被爆者検診には、必ず参加し受診しているが、検診会場にあらわれる被爆者の多くは、かなり年配の方々である。当時の乳幼児が既に三十才になるのだから、当り前といえばそれまでであるが、経済大国日本の代表的地方都市、繁栄を極めるこの広島市の一隅に、これら忘れ去られようとしている多くの被爆老人が存在することを、私たちは記憶しなければならない。

四年前の広島市労政課の失対事業従事者実態調査においても、既に九百五十二名の六十五才以上の被爆者の存在が明らかにされている。また、広島市福祉事務所の調査によっても、市内の六十五才以上の老人四千八百三人中、被爆者手帳所持者が、その六十二％をしめているといわれる。しかし、この被爆老人の問題は、単に統計資料によって、包括的に捉えるべきではなく、むしろひとりひとりの老人たちの、被爆前の、そして八月六日当日の、更に、被爆以後の二十数年間の孤独な闘い、生への闘いの毎日こそ、私たちは問題にすべきではなかろうか。

私が、先述の九百五十二人中の一人である比嘉さんにお会いしたのは、もう七、八年以前にさかのぼる。確か初秋の頃であったと思う。比嘉さんは、沖縄県出身者である。勿論、日本復帰以前の当所にあって、その出身地の故の、隠微な差別を彼女は経験している。

すべての家族を原爆によって奪われ、戦後養子に迎えたひとり息子は、沖縄出身であることを嫌って、結婚後は、その相手の家に入籍して、殆ど立ち寄らないという。そして、その上に被爆者という二重の差別が、彼女には加わる。いつも頭を固くしめつけているヘアネットは、被爆直後頭上に落ちて来た梁の重さが、未だに比嘉さんの頭を金槌で叩かれるような、狂うばかりの頭痛を、僅かでもおさえる為である。

十六才で来広、故郷は沖縄の首里の町。もしかすると兄がひとり生きているかも分らないが、戦後は全然音信不通、幸い被爆はまぬがれたが、老衰の早い妹とふたりの孤独な現在である。来広後やがて同郷の人と結婚、苦労の連続の中で、やっと安定した生活を建設。

その思いもつかの間、平和公園の川向い、河原町で被爆。最愛の夫は十日の朝、比嘉さんの名前を呼び、「離れるな、離れるな」と叫びながら死んでいった。「あの時主人と一緒に死んでいればよかった。あんなに離れるな、離れるなと叫んで死んでいったのに」と、彼女は毎日のように回想する。

広島には奇蹟が多い。比嘉さんの助かったのもその一例。当時幸運にも広島を離れていた妹さんと再会、知人を頼って県北部の農村に逃げ、やっと再生。死にたい死にたいばかりの毎日であったが、二十年以上も過ぎてしまった。焼け跡に建てたバラックが、運のよいことに立ち退きの対象になり、二十万円もらって建てた現在の家。玄関、台所つきのひと間の家だけれど、女世帯でこぎれいに片づけてある。

比嘉さんの将来の夢は、奥の空き地に小屋を立て、今住んでいる家を人に貸すこと。家賃が入れば、もっと年をとって、失対で働かなくても生活していけそうだ。しかし、その小屋を建てるお金がないのが、現在の彼女の悩みである。「比嘉さん、お元気で」と笑って別れたが、私の心の中は、この老姉妹の将来を思って暗然としていた。

経済成長の流れの中にあって、社会福祉政策は、過去に比して、少しは充実して来たけれども、あの原爆の傷あとは、未だに広島には生々しく残っており、原爆以前の生活に復帰できぬまま、貧困と老衰と孤独の中に追いこまれていく被爆者の何と多いことよ。

そしてそれは、単に冷たい統計数字の増加ではなく、毎日の悲惨な生活が、今の瞬間にも続けられていることを意味する。二十数年前の広島の核爆発は、決してその比類なき爆発力の大きさ、また、放射能汚染の医学的問題ではない。それと同時に決して回復することのない大きな精神的な傷跡を、生き残った被爆者の、人間としての心の中に残しているのだ。

私はひとりの証言者として、この被爆老人、比嘉さんの苦しい生を報告したいのである。

（注：本稿は聞き書きによる）

全世界にヒロシマの心を

ワールド・フレンドシップ・センター
山岡　ミチコ

私には、もう青春はかえりません。私の脳裏には、昭和二十年（一九四五年）八月六日の当時の事が、鮮明によみがえって来ます。沢山の友達を亡くし、今でもあの頃のことを思い出すと、悲しみと怒りで身がふるえます。私にはもう青春はかえりません。

あの日、私は、女学校三年生、十五歳でした。爆心地から五四〇メートルのところにあった、現在のＮＴＴの広島中央電話局に、自宅から毎日、動員学徒として出動していました。

父は私が三才の時に他界し、母との二人暮しの中で、母は私の成長を楽しみにしておりました。母は昭和五十五年（一九八〇年）二月に他界するまで、私を女手一つで、育ててくれました。

八月六日の広島には雲一つない本当に美しい

青空がありました。水の都といわれた広島はとってもきれいでした。

私はその日にかぎって、家を出るのがおっくうでした。思いなおして、朝八時前に自宅を出て、広島中央電話局に出かけました。田舎から私の家に来ていた幼いいとこは、私より少し早く広島赤十字病院へ行くために出かけましたが、未だにどこでどうなったのか、骨すらありません。「行って来ます」というういつもの私のあいさつに、「B29は逃げたけど気をつけてね」との、母が投げかけた言葉を背中に受けながら、急ぎ足で家をあとにしました。爆心地からおよそ八〇〇メートルの路上にさしかかった時、B29の爆音が聞こえてくるではありませんか。「警報が解除になったばかりなのに、おかしいなあ」と思いながら、手を額にあて空を見上げた瞬間、「ピカッ」と、ちょうど写真のマグネシウムをたいた、黄色とも青色とも見えるような光を見ました。私の身体は空中に浮き上り、意識がもうろうとしてきました。「爆弾にやられた!!」と私は思いながら、「お母さん、さようなら……」と、心の中で叫んでいました。

それからどの位時間がたったのか分かりません。一〇分、いや二〇分位でしょうか。私は意識を失ってしまいました。子供の叫び声で意識がもどりました。残骸の下敷きになって、身動きができないのです。あたりは真っ暗闇です。「誰か助けて!」「お母さん助けて!」と叫び続けました。その時「ミチコ」「ミチコ」と、私の名を呼ぶ母の声が聞こえてきました。「お母さん、ここよ、ここよ」と、私は残骸の中から母を呼びましたが、足だけが残がいの外に出ているだけで、母には私の姿は見えません。「ミチコ！　どこにいるの、ミチコ！」と、母は叫べども姿は見えずで、私はもうだめかと思いました。「おばさん、火の手が上ってるぞ！　早く逃げなさい」と叫ぶ声がまわりから聞こえてきました。炎の燃え上がる音が私にも聞こえました。「もう助からない!?」と思いながら、目を閉じました。「兵隊さん、助けて下さい。ここに娘が下敷になっているんです。」――母がやっと気がついてくれました。「兵隊さん、早くこの残骸をのけてください」と、気丈にも母が叫んでいました。やっとの思いで、残骸の中から這い出ることができました。顔が風船のようにふくれ上がっているのが、私にも感じられました。

私はまわりを見て、「ハッ」と、息をのみました。この世のものとは思えない生地獄の様相を呈していました。頭のない人、死んだ赤ん坊をかかえて呆然としている人、全身ずるむけの子ども、内臓が破裂している死体、真っ裸の人の列、その惨状は修羅場としか言いようのない有様で、いまでも、私の脳裏に焼き付き、思い出すたびに涙がこみ上げてきて止まりません。内臓の一部を連想させるソーセージはこの五十三年間食べたことがありません。母から「とりあえず比治山へ逃げなさい」と教えられ、母と別れ、私は一人で歩き始めました。母はとるものもとりあえず、まず一番先に私を捜しに来てくれたのでした。ですから、家に残した叔父夫婦の安否を気づかい、母はまた自宅へ引き返しました。不幸中の幸いとでも言いましょうか、叔父たちは、ケガをしただけで無事でした。

逃げる途中で友人に出会いました。私は、その人の名前を呼んだのですが、彼女には私が分かりません。「貴女は誰?」「山岡ミチコよ」と言っても、大きくふくらんで異様な顔をしている私が、友人には信じられなかったのです。私は本当に悲しく、その時初めて火傷の痛さ、熱さを感じました。

比治山は火傷した被爆者で一杯でした。私は火傷の上にテンプラ油をつけられ、休んでいましたら、母に再び会うことができましたので、痛さを忘れて母と抱き合いました。しばらくたって、私は重傷者の一人として、船で広島市郊外の収容所へ運ばれてゆきました。船の中では被爆者が次々と死んでゆきました。「次は私が死ぬるのではないだろうか」と観念し、目をとじて神様に祈りました。

「兵隊さん水をください」と、私はうめきました。その兵隊さんは、「死んでもよければ水をやる」と叱るように言いました。母は見かねて、こっそり水を飲ませてくれました。それがいけなかったのか、私の容態は急変して悪くなりました。頭髪がすべて抜け、血尿や、血便が出て、死の直前までゆきましたが、何とか、私は助かりました。私の顔はすっかり変わりました。ケロイドが盛り上がり、顔がゆがんでいました。私は、内にこもってしまい、人前には出ないようになりました。前途に希望を失ってしまいました。私独りでしたら、おそらく自殺をしていたでしょう。私のために、母は入退院を繰り返しながらも働き続けてくれました。私は死ぬることもできませんでした。

昭和三十（一九五五）年五月、アメリカと日本の善意の人たちに助けられ、手術のために渡米しました。「投下国のアメリカへ行けば殺されるよ」と陰口をたたく人たちもいました。私はもとの体になりたい一心でしたから、善意の人たちを信じました。合計二十七回の手術をしました。苦痛の連続でしたが、いちるの望みを託して、私はがんばりました。「戦争さえなかったら！」「原爆さえ落ちなかったら……！」と、いつも思っています。

いつまでも暗い殻の中に閉じこもってはいけないと思い、二十年近くの沈黙を破って、私は、戦争を知らない若い世代に被爆体験を語り始めました。私は命の続く限り、ふたたび被爆者をつくらないために、核兵器廃絶を訴え続けます。核兵器廃絶の道のりがきびしければきびしいほど、なお一層声を大にして、ヒロシマが願う平和の心を叫び続けます。決して無力ではありません。平和は一人一人の努力の積み重ねによって実現するものです。悲願は、核兵器の廃絶と全世界の平和です。

被爆者懇談

はしがき

今年もまた八月六日が近づいて来た。忘れようとして忘れることのできないあの日。二十数年を経た今も、尚、私の心の底を揺さ振り続けた、あの日の悲惨と恐怖と憤りは、どうしてもこの脳裡から離れない。恐らく終世この心から拭い去ることはできないであろう。

これはあの日の近づいた某日の日記の一節である。平素、時により折にふれて当時を思い起すこともあるが、特に焼けつく様な真夏の太陽が、白い木槿《むくげ》の花を照りつける頃、晴れ亘る西空に上っている入道雲を見ると、ああ又あの日がと思い出されて、嫌だなあと心に重圧を感ずる一人である。

だが時の流れは、ともすればこれを薄らげようとしている。過日原爆都市広島であの日を中心に繰り拡げられた数々の行事!! 世界の平和、人類の幸福、故人の冥福を祈るために等並べられてあるが、参加者は等しく当時の心情に還って行われたか疑いたくなる点もある。

しかし私達は、人類史上最初にして最大の惨虐《ざんぎゃく》を与えたあの日のことを、此世から忘れ去られてはならぬ。それは再び此の過ちを繰り返さぬために、平和な世界を築くためにである。更に年々老齢化した被爆者は減ってゆく。せめて生ある中に、今一度記憶を新たにして被爆の体験を語り合い、之を記録に止めて、後の世の恒久平和を念ずる人々の資に供することは、生き残った私達の義務であると信ずるからである。
我が町には現在被爆者は千五百有余名住んでいるが、今回此の趣旨に同じた人々が相集り、互いに語り合った要旨を集録した。

桧垣　益人

被爆者懇談

昭和四十二年九月二十八日

畒会館（石原、畒、山畒、上畒区、出席三十二名）

松永繁　皆さん、今晩はご苦労さんでした。
　既に御承知と思いますが、今晩は皆さんの被爆体験や意見を述べ合って、これを記録に止めて永久に保存したいと思いますので、ご協力をお願いします。先ず会長さんのお話をきいて戴きたいと思います。
——桧垣会長より援護法制定運動の経過と今後の問題点について説明後、懇談に入った。
中本タカコ　八日朝主人と共に娘の行方を捜しに行きました。己斐から草津辺まで歩き廻はり土橋で死んでいたので焼いて帰りました。其時赤子を負うて行きましたが、其の子も主人も死亡しました。
片山ヨシ子　六日主人と一緒に袋町の銀行に勤めていた娘を尋ねに行きました。西練兵場から先へは行かれませんでしたが、あちらこちらを捜していると、中山方面に居ることが知れたので連れに行きました。見ると怪我した所から膿が流れ出て、拭いても拭いても流れ出る仕末、色々看病をしましたがその甲斐もなく、三週間後死にました。
佐々木早苗　広島逓信局に勤めていた姉の子が、六日の午後ぼろぼろの着物をきて、顔を傷だらけにして帰って来ましたので、手当をしていると府中の親類の子も尋ねて来ました。其れを看護していると里の安木が気になるので、嫁と二人で広島へ行きました。火傷した人、ぼろぼろに焼けた姿、血で真赤に染った顔等、全く無惨で目を覆う程でありました。泣きながら牛田へたどり着いて見ると、一家は全滅していました。

長谷川サトミ　近所の人々と隣家の山田さんの娘さんを捜しに行きましたが、ほんとに言いようのない有様でした。

松村スミエ　当時主人は県庁に勤めていましたが帰って来ないので、八日の朝父と妹と共に尋ねに行きました。商工会議所の裏には同じ職場の人が二十四名も白骨となって居られました。主人も白骨となっていましたので、バンドを遺品として持って帰りました。

桧垣良　広島駅で被爆しました。家の下敷きになりましたが、上から落ちて来る物で怪我をし、頭から血が流れるので猿猴橋《えんこうばし》近くの医者の手当を受け、東練兵場を通って帰りました。駅前の様子はまるで生地獄で、手の皮のぶら下っている者、頭から血だらけになっている者等、見た者でなくては分かりません。二ヶ月位で全治して現在では幸い健康であります。

砂盛あやめ　何から話してよいか分かりません。私は広島の小町の者ですが、当時海田の親類に居ました。其朝広島へ行って電車から下りた際被爆したので、駅の方へ走って行きました。砂はほぐれてつまづきそうだ。土屋旅館が崩れて頭から砂煙をかぶり押し倒されている娘を助けてくれと叫ぶと、兵隊さんが掘り出してくれました。見ると着物はボロボロ、モンペをはきリュックを負ったまま、ぼんやり立っている姿は可愛相でなりませんでした。

花戸チヨ　嫁さんを二日間探しに行きましたが、遂に見つかりませんでした。此頃は心臓病や喘

息で、二年位通院しています。

大上戸タカ子　子供が大学に勤めていました。私はその頃松根油を取りにゆき、日下橋の所で被爆しましたが、すぐに広島へ行きました。松原町辺りで知人が「お婆さんは馬車で帰られた」と言われたので、引き返して家に帰りました。翌日娘の婿が帰りませんので近所の人々と共済病院へ行きました。此頃は糖尿病で病院通をしています。

山本作美　六日の午後、日下橋からトラックで警防団員と一諸に東大橋まで行き、乾めんぱんを配りました。八、九両日も大洲食糧當団から大河等へ米を運びました。今頃あまり悪い所はありませんが、時々腰痛を覚える位です。

寺畠マスコ　舟入川口一軒茶屋で被爆しました。家の外でしたが別に怪我もありませんでした。此頃、脳と目が悪くて通院して居ます。

川崎ナミコ　前日子供が死んだので連れに行って大洲で被爆しました。丁度家の中に居たのですが、目がくらんで防空壕へかけ込みました。暫くして夜具を積んで家へ帰ったら、家は倒れていました。七日、式をあげて葬って貰いました。今頃は耳鳴りがしたり、頭が悪く時々医者通をしています。

花戸ヒサコ　五日に勤労奉仕で鶴見橋辺りの家屋疎開の作業に行きましたので、翌日の朝古材を貰いに行って原爆に遭いました。子供を背負って大正橋近くでしたが、其の子は一年位で死に、私はどうも健康が勝れません。今頃は耳鳴りで病院へ通っています。

岩田タツコ　七日子供を捜しに安芸女学校へ行きましたが、死体は見つかりませんでした。血圧が低いので時々医者通していています。

上本フジコ　八日山中女学校のかたづけに行きましたが、別に変った事はありません。

阿部静子　平塚町へ勤労奉仕に行った時被爆しました。夏になるとどうも体がだるいので、検診の際尋ねると異常はないと言われます。この夏は体がかゆくて耐えられない位ですが、肝臓が悪いのか、体が弱って「じんましん」ではないかと案じています。

山本義基　親類の建物疎開に行きましたが、今迄で別に異常はありません。

国岡永之助　検診の際もっと入念に診て貰いたい。また、国会請願の際、厚生省に坐り込でもする位、強く出てはどうでしょうか。十三項目ありましたが、まだ当時の事は眼前にちらついて忘

小田政商店　　　　尾木正己氏撮影／広島平和記念資料館提供

南から北北東（広島流川教会）に向かって。鉄骨３階建てで増築された店舗兼倉庫の呉服問屋の建物は、爆風でねじれ、その後の高熱火災で、全焼全壊した。この建物の残骸は時間とともに鉄の重みで次第に沈みその姿を変え原爆の高熱火災の威力の象徴のように多くの人達によって記録された。右の建物は内部を全焼した中国新聞社新館。

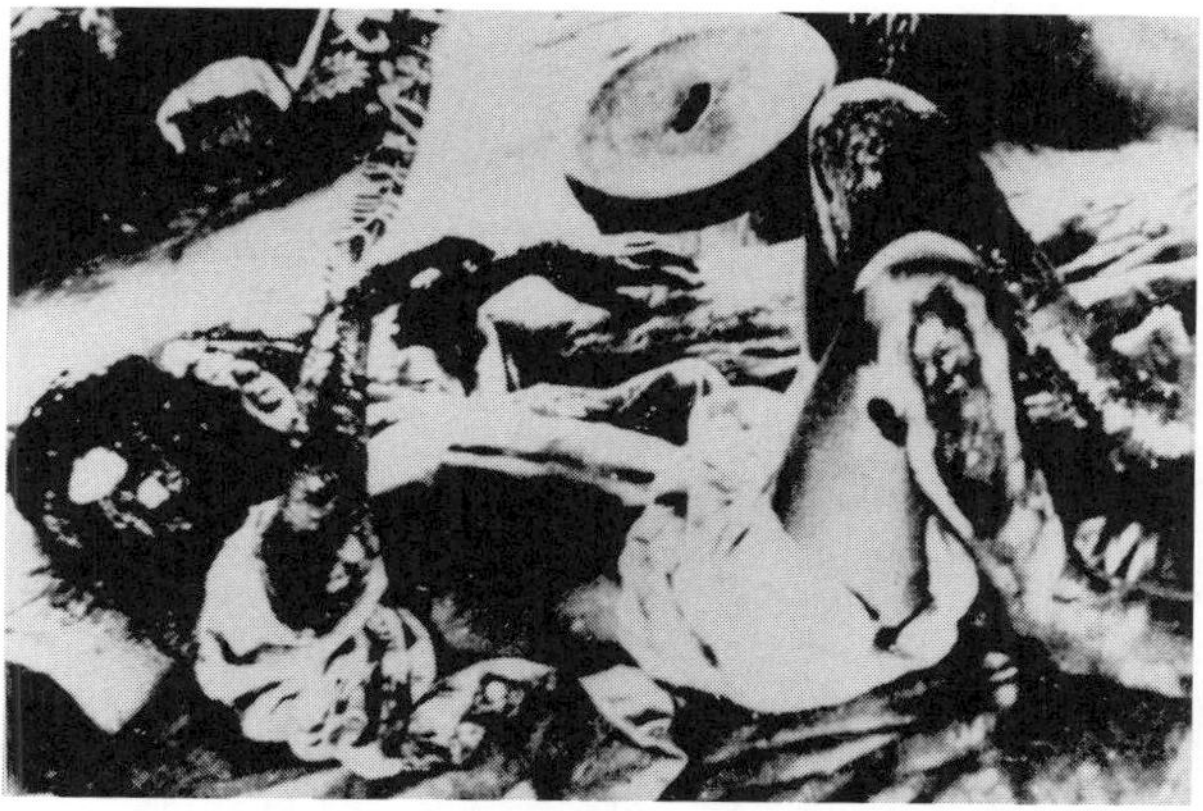

市立第一国民学校内の臨時救護所に収容された大やけどの子ども
尾糠政美氏撮影／広島平和記念資料館提供

頭部、両手、両足に大やけどを負い、痛さのため手を上に上げている。

れられません。

――桧崎、山田、竹井、桧崎の四名は後日書いて出すとて、発表をしなかった。

毛利静江　爆心地から約三、五キロの地点の家の中で被爆しました。閃光と共に家はつぶれてしまったので、子供の手を引っ張って地御前まで逃げ、母と妹を捜し歩きましたが、遂に見つからぬので法名のみ書いて納めています。

斉木トヨコ　七日の朝から五日間、娘を捜しに行きましたが、詳しいことは後日まとめて出したいと思います。

桧崎イトメ　当時主人は勤め、男の子二人学徒動員、娘は軍需工場へと四名が広島に居りました。主人も息子も大火傷をしましたので二人を車に乗せて一ヶ月半学校へ通いましたが、傷は仲々治りません。約三ヶ月位で軽くなりましたものの、傷跡はひどく、元気よく出て行った娘は工場で死んで居ました。六日の午後、娘の名を呼びながら市内を捜し廻り、夜は比治山で明けて行くのを待ちました。夜中に「水を下さい」と叫んだ人は、朝になって皆死んでいました。歩いて見ると電車も家も曲ってしまい、広い町は見渡す限り一面の焼野原、又とこんな事があってはならぬと思われてなりません。

中広カヨコ　六日の朝、伊奈の写真屋へ戦死した息子の写真の引き伸ばしを頼みに行こうと家を出ようとする時、ピカッと光りました。この天気の良いのにおかしいと座敷へ飛び上り、広島行

被爆の惨状を伝える人形

瓦礫の街を逃げ惑う被爆者たち。原爆の強烈な熱線のため大火傷を負い、爆風ではがされた皮膚がだらりと垂れ下がっている。何が起きたか分からないまま、火災のススや塵にまみれ、血みどろになったボロボロの衣服をわずかに身にまとい、安全な場所を求めてさまよい歩いた。ようやく燃え盛る街から逃れた人も、体を休めるベッドはもちろん治療する薬も不足するなか、ただ身を横たえるしかなかった。「水をください」「水を」。火傷と８月の暑さで喉がひどく渇き、被爆者は水が欲しいと訴えながら家族との再会もかなわぬままに、その多くが亡くなった。（広島平和記念資料館）

きを止めようかと思いました。でも行って来ようと畝橋まで出ると、髪をふり乱し着物の破れたまま若い女の人が通るので訳を聞くと、広島へ爆弾が落ちて大火事だと言われる。こりゃ大変だと家へ帰ると婦人会は集会所へ集って、お茶や水の接待のこと、傷ついた人が次から次へ来られるので忙しいのを忘れて接待し、泣かずには居られませんでした。七日に近所の人を捜しに入市しましたが、街はまるで焼野原で、家の間で助を求める人、水をくれと頼まれても水が無いので、唯涙ばかりでした。水槽の中に四、五人重なり合った死体、常盤橋の下の沢山の馬の死んでいたこと等、あの時の事はまだ忘れられません。

——田原、佐々木哲、北村さんは後から書いて出すとのことであった。

長門チエコ　八日朝、主人と矢野の里の兄嫁を捜しに行き、諸所を歩きましたが遂に見当りませんでした。天満町へ仕入れに行きましたが、血だらけでぼろぼろの着物を着た人や死体の多いのに身震がしました。

今井仁六　当時呉海軍工廠の従業員として、工場疎開をするために千田町の県工の宿舎に居ました。記念日の来る度に頭に浮かぶのは、あの日の惨状であります。一発の爆弾によって家は倒れ電車は脱線転覆し、次々に起る火災に泣き叫ぶ声、炎天下に断末魔の水を求める力ない声、赤くむくれ上った肌、黒こげの顔、夜ともなれば限りない焼野原に点々と立つ墓石、言い様のないあわれな光景は、今頃の人にはとても信じられないだろうと思います。私は家の下敷きになり、数

被爆中学生の学生服／西本浅男、まさえ氏寄贈

爆心地から６００ｍ　中島新町
県立広島第二中学校１年生の西本朝彦さん（当時 12 歳）は、同級生の谷口勲さんと一緒に建物疎開作業のため集合していたときに被爆した。その後、谷口さんの家で看護を受けたが、翌８月７日朝死亡した。

熱線による被害　人影の石

この石は、爆心地から 260m 離れた住友銀行広島支店の入り口の階段の一部。強烈な熱線のため、石段の表面は白っぽく変化し、人が腰掛けていたと思われる中央の部分だけが影のように黒くなって残った。石段に座って、開店を待っていた人は、原爆の熱線を正面から受け、逃げることもできないまま、その場で亡くなったと考えられる。建物は戦後も、一時期使用されていたが、1971 年の建て替えの際に、この部分が切り取られ移設された。（広島平和記念資料館）

十ヶ所の傷を受け血だらけになりましたが、幸い電動運搬車のクレーンポストのおかげで命拾いをしました。其後幾度となく目まいがして、意識不明のことに遭いながら、今日まで生き長らえていますが、いつ後遺症が起るかも知れぬ不安の日を送っています。

宮首義登　防衛召集でピカの時は海田小学校にいました。昼頃、大正橋方面から握り飯を持って広島へ向かいましたが、途中負傷者が空腹だったものか、しきりにつかみ取りをする。八丁堀福屋辺の防空壕へ行って配りました。東練兵場から権現さんへ行き、ころげている死体を担架に乗せては運びましたが、何とも言えぬ感に打たれました。

佐々木隆男　家内の妹が富士見町に居たので、七日早朝、捜しに行きました。家は焼けてまだ所々煙が出ていました。焼野ケ原になっている市街を見て、アメリカのひどいのに憤りを感じ、涙が出てなりませんでした。七日の夜嫁入りしていた妹は、己斐の観音様にお詣りして助かったと聞きましたが、其の家族は全滅でした。

松野正一　当時消防団員として警察に集り、日本銀行方面へ行きました。京橋の下に八名、潮の満ちて来るのに動けないで苦しんでいるので背負って上げました。その中の一人の中学生が、泉邸前の家へ連れて行く様に頼みましたが、仕事の関係上出来なかったのを情けなく思いました。七日、柳橋の所で「海田の池田です」と助けを求められたので、連れて帰りました。爆心地近くで手錠をはめられた十六、七才の外人が、ころげて居るのを見て何とも言えぬ感でした。

原爆投下時の広島のジオラマ（広島平和記念資料館）

市中心部の約 600 メートル上空で炸裂した原子爆弾は、１秒後に最大直径 280 m の火球となり、その中心温度は 100 万度を超え、放たれた熱線で、爆心地の地表温度は 3000 度～ 4000 度に達した。爆風圧は爆心地から 500 m離れた地点でも１平方メートルあたり 19 トンの力で押し付けるほどで、１秒あたり最大で 440 mともいわれる爆風は、半径２ｋｍまでの地域の木造家屋をことごとく押し潰した。

広島県商工経済会屋上から西方向　林重男氏撮影／広島平和記念資料館提供

手前右に全壊した広島電鉄櫓下変電所。原爆投下の照準点になったＴ字の相生橋は、強い爆風と爆圧により欄干のほとんどを破壊され、車道と歩道の間に亀裂が生じ、広島電鉄市内電車軌道にもずれを生じた。中央左に本川国民学校校舎。上方には光道国民学校、右奥に広島中央電話局西分局。

山瀬小市　当日京橋で被爆しました。左側通行しながら屋根の下を通って居る時、ピカッと閃光を見ました。七日、キリンビヤホールの辺で叔父は見つかりましたが、もう死んでいました。私は傷は負わなかったが腫物が出来て困り、まだ傷跡があります。

中村常一　七日に入市し各方面を歩き廻りましたが、別に体に異状はありません。

竹井四一　七日、車を曳いて片山の娘さんを連れに中山村まで行きました。常盤橋の所まで行くと、騎兵隊の者が負傷者を車に乗せていたので、それを手伝いました。八日には製鋼所の者を捜したり、西天満町方面の学童疎開者を尋ねにも行きました。

松永繁　中学生として学徒動員に出ていた我が子を捜しに、京橋から己斐方面まで歩き廻りましたが、詳しい事は後日書いて出します。

斉木若松　当時娘三人広島に出ていましたが、私は郡北部各町村へ青果物配給の割当をするため、毎朝榎町の事業所へ通うて居ました。原爆投下二日前から体の具合が悪いので、三女が代りに行ってくれました。その三女が帰りませんので、八日から六日間、毎朝早くから夕方まで探し歩きましたが、遂に見当らず、今まであの子の約束事かとあきらめ、念仏唱えてやるのみであります。

宮首キヨ子　西蟹屋町の砥石会社の所で被爆しました。そこは狭い路で高い壁が閃光をさえぎってくれましたが、爆発と共に大きな圧力で頭を打って死んだのかと思いました。頭から血が流れる、帽子はない、路上に倒れた私はそばの車庫らしい屋根の下に飛び込みました。暫く待っていると何処かで大きな異変が起ったのかと種々考が浮んで来ました。路上に出ると泣き叫び声が聞える。五十メートル離れた大道路には怪我人を載せたトラックが往来する。あまり不安なので急いで帰途につきました。船越峠まで出ると、被爆した人が次々に帰って来る。顔の皮膚がたれ下っているのを見ると気の毒でなりませんでした。私も鼻や咽喉から黒い物が出て止まらない。話しながら帰ったが、四人の中二人は原因不明で死なれました。

沢村静江　当時親子四人の生活でしたが、私は広島駅で被爆しました。学徒動員に出ていた弟は土橋辺に居ただろうと捜し歩きましたが、遂に見つからず、母は榎町の小路で被爆し無傷でありましたが、歯ぐきから出血し、頭髪は抜け出して二十五日に死亡しました。私は幸い怪我もなく、今も体に異常はありません。

毛利静江　昭和二十五年に生まれた私の子供は、記念病院やＡＢＣＣで診察して貰ったら脳性小児麻痺だと言われました。丁度黄疸の様な症状で死にましたが、今考えて見ると頭が大変小さかったので、小頭症ではなかったかと思われます。とにかくあの頃はお医者もよく判らなかったのではないでしょうか。

中村常一　原爆死没者に対して何とかならないか。血管が破れて死んだ人や、原因不明のまま亡くなった多くの人々の中には、原爆症の人もあったと思われますが。

桧垣会長　当時原爆により死んだ人の実数も病名は判然としません。医療法制定以後の死没者ははっきりしているので、せめてこの方々だけにでもと訴え、更に政府で全死没者を調査して速やかに対策を講ぜられる様、請願項目中に含めています。

馬場とみ　被爆者で輸血を要する人が多いと聞いていますが、先ず血液型を調べて貰い献血をしたらどうでしょうか。

斉木トヨコ　血液型を調べて貰うのは良いでしょうが、献血預血になると仲々容易ではありません。年令や健康状態、婦人なら生理期等の関係もありますので、該当者は案外少ないようです。集団献血は五十名以上希望者がないと来てくれません。

毛利静枝　健康診断の際の健診項目の内容を、よく分る様に教えて戴きたいと思います。血色素だ、ザーリーだ等言われても、素人ではよく分からない。被爆者がよく納得するよう指導して下さるよう希望します。

桧垣会長　なるべく意に添うようにいたしましょう。

大変長時間にわたり御協力いただき有難うございました。後日まとめて出される方は成るべく早くお願いします。お互いに健康に気をつけて援護法制定のため頑張りましょう。

松永繁　皆さん御苦労でした。互いに気をつけて長生きしましょうね。

市民の声

メッセージ

広島市長　荒木　武

広島に人類史上初めての原子爆弾が投下されてから、今年で二十七年になります。あの夏の日の朝のできごとは、人間の想像を絶した悲惨きわまりない惨状でありました。ただ一発の原子爆弾のため、広島は一瞬のうちに焦土と化し、老幼男女を問わず、二〇数万の尊い生命が奪い去られたのであります。しかもそのとき人体深く食い入った放射能は、いまもなお一〇万余もの被爆者たちの生命と健康をおびやかしつづけております。

こうした絶望的な破壊と苦悩を体験した広島市民は、あの日以来核兵器の廃絶と戦争の放棄を叫び続けてきたのであります。

しかしながら、世界の大国はあの言語に絶するヒロシマ・ナガサキの惨禍に目覚めることなくいまもなお力の均衡を口実に核兵器を開発し、はかり知れない強烈な破壊力を蓄積しているのであります。

今日の国際政治の動きは、中国の国連加盟、米中接近外交、米ソのＳＡＬＴなど、大国の新しい関係が始まっていますが、長い国家間の対立の歴史は、相互不信を解くに容易でなく、前述のごとく依然として軍備競争が続けられているのであります。

このような「恐怖の均衡」のうえに保たれた武装平和の現代を、いつまで持ち続けることができるのでしょうか。たとえ核戦争が起こらないとしても、人間には事故も誤算もあります。そのたびに炸裂の危機感におびやかされた事実は幾度となくあります。ましてや、戦争の絶え間がない今日の国際情勢の中で、今後の人類が核兵器を絶対に使わないという保証はどこにもないのであります。

われわれはこの核戦争への危険を防止し、人類の安全と人間の尊厳を確立するために、新しい世界の構造を作るに急がなければなりません。

いまや世界の諸国は政治、経済、文化の面で強く結び合わされ、相互に依存しなければ繁栄と進歩は不可能であります。このときにあたり国と国、民族と民族が戦い合う時代ではないのであります。

すべての民族はいっさいのゆきがかりや利己心をのり越えて、より広い視野とより高い次元にたち、地球人として運命一体感を深く認識し、知的および精神的連帯のもとで、世界法による平和の秩序を確立し、戦争のない人類共同社会を建設しなければなりません。

一九七二年四月

平和は人類の希望

広島ＹＭＣＡ総主事　相原　和光

今日、世界の核兵器を合計すると、三五億の全人類一人一人の頭上にＴＮＴ爆弾一五トンを降らせる程の巨大な量になるといわれています。しかも、この量は更に日々増大されています。核兵器保有国のいずれかが、ＩＣＢＭ（大陸間弾道ミサイル）を一発発射したならば、全人類が絶滅することは明白です。現在、人類が、地球そのものが巨大な砲口の前に立されているのです。人類が生きるために、人類が共に生きているこの地球を守るためには、核兵器の引きがねを永久にとざすこと以外にありません。原水爆の使用、製造、保有の禁止こそは、全人類の生存の条件です。

核エネルギーを発見し、人類最終兵器を製造した人間、更に月世界にまで人類を送りこむ偉大な宇宙科学を樹立した人類が、どうして、人類の生存、確保のための恒久平和を樹立できないはずはないでしょう。

今日の核エネルギー、宇宙科学の時代には、最早、一国の国益を主張する時代ではありません。人類の運命は共同です。今までの歴史は民族の、或いは国家の歴史でした。それは興亡と殺戮戦争と停戦の歴史でした。この国家至上主義の歴史観、世界観では人類を絶滅から救うことはできません。今日、この核エネルギーと宇宙科学の時代に生きるためには、私たち自らが、根本的に考え方をかえなければなりません。偏狭な利己的国家観念から全人類運命共同体の観念に、全人類と共に生きる国民として、地球人として、真実の人間として生きる考え方に立たなければなりません。

全世界の友よ、お互いの争いを止めて、お互いに自分が人間として生きる権利があるように、他の人にも人間として生きる権利があることを認めあいましょう。現実に、私たちは一人で生きているものではなく、多くの人たちとの協力、支援の中で生きているのではありませんか。

これからの時代は、民族、国家の歴史ではなく、人類共同体の歴史です。全人類が人種、民族、文化、宗教、社会制度、国家、すべての差異をこえて、人間としてお互いに相手を尊重しあい、協力しあい、共に生きる時代です。この考え方こそ、人類を絶滅から救う平和の道であり、希望の道です。

全世界の友よ。共々に、この新しい人類の歴史を築き上げていきましょう。

遅れた戦死

医師　原田　東岷

クリスマス・イヴであったが、その夜も恒例の停電だったので、私は自宅——といってもマッチ箱のようなバラック建てだったが——でローソクの光で文献を読んでいた。原爆の熱傷のあとに出来るケロイドの治療法については何一つ知られていなかった。私は何かをつかもうとして必死であった。醜く盛り上った瘢痕は堪え難く痛く痒かった。切り取って縫い合せても、植皮しても、三ヶ月すると前と同じように盛り上って来て、私を茫然とさせた。

私はローソクの灯の下で原爆の魔力について色々と思いをめぐらせていた。と、玄関の戸を叩く音が聞えた。出て見ると闇の中に若い男がグッタリした男の子を背負って立っていた。

……夜中済みませんが、子供が苦しむもので……。その頃爆心地から一キロ北にある、私の木造の病院のまわりの原野にもボツボツバラックの民家が建ち始めていたが、周囲一キロほどの間では医師は私ひとりだけだった。

診察室でローソクの灯の下で私は患児を診察した。父親の語るところによると、賢二君は四才で、原爆の時は一才と少しであった。母親が彼を乳母車に乗せて、爆心地から八〇〇メートルの路上を歩いていたらしい。閃光が走り、母親は背を灼かれ乳母車に蔽ひかぶさった恰好で吹き飛ばされた。母親はまもなく死んだが、賢二君は死ななかった。数日後、復員した父親が避難者の群れの中から子供を発見出来たのは奇蹟にちがいはなかった。

しかし、郷里に連れ帰った賢二君は吐いてばかりいて食物は何も受けつけなかった。発熱と下痢がそれに続いた。二年も経った頃やっと歩けるようになったが、半年前、階段から転げ落ちて頭のてっぺんに大きなコブをつくった。そのコブはやがて破れて血と膿を吹き出し、どうしても治らない。二週間ほど前から高熱が出はじめ、昨日から何も食べなくなった、というのがそのヒストリーであった。

診察すると、患児は極限まで痩せており、眼だけ大きく、皮膚はたるんで頬にも四肢にも皺が出来ていた。胸は肋骨だけが突出して鳥かごのようだったが、腹はゴムまりのように膨れていた。

頭頂部から臭い膿が流れ出て額で凝固していた。身体は灼けるように熱かった。肺炎の治療をしたあと、私は血を染めるべく耳朶を針で刺したが、赤い血は見られず、流れ出したのは黄色味を帯びた液体に過ぎなかった。ひどい貧血！

その時パッと電灯がともった。こごえる手で顕微鏡を操作し、染めた血液を見て私は驚いた。数少ない赤血球は形も大きさも不揃いだったし、一番不思議だったことは、正常の白血球は一つもなく、全部がおばけの様に大きく、又異様な細胞の群であった。骨髄球のようだ。だとすると……目の前にいるこの児は白血病ということになる！

私の背に悪寒が走った。原爆が造った白血病！　遅れた戦死！　折角生き残った被爆者の運命はどうなる？　子供達は何故死ななければならないかも理解出来ないのに！

私は外科医である。白血病などという稀な病気は一生涯外科医が診ることがないであろうに、私はそれからの二年間に七人もの白血病患者を発見することになった。賢二君は、それから五日目に死んだし、ほかの患者もすべて死んだ。一時期（一九五〇年頃）近距離被爆者の間に発生した白血病の頻度は一般人のそれより数百倍も高かった。

私はケロイドの研究に十年間没頭したが、盛り上るケロイドをつくる体質が正常にかえるまで七、八年かかるという事実を知っただけであった。

一度生じた変形や傷痕は、小さくすることは出来ても消し去ることは出来ないのだ。生き残ったが、その傷ついて青春を失った何百人の娘たち、壮年にも達しないうちに癌で倒れた人達、心身の傷痍のため教育を受けられず社会の底辺に呻吟するスラムの人達。

私は、医師としてこれらの人々と共に十数年も苦闘したあげく、やっと「生命に対する犯罪」に腹を立て、それを更に新しく始めようとする人間達を憎み出したのは、大変遅きに失したと恥じている。

ヒロシマと人類

広島大学長　飯島　宗一

人間が原子力の利用に成功したことは、人間の歴史上画期的な事柄である。人間は過去において火を利用することを発見し、また自然法則を科学的に研究して、蒸気力や、電力や、石炭や石油のエネルギーを利用することに成功してきた。しかし、期待されるエネルギー量や応用範囲からいうと、原子力の解放はそれら従来のエネルギー源と根本的に異なる性質を備えているといってよい。それは、人間のもつ可能性をほとんど根底的に変革するものである。まさに、あたらしい、きわめて強力な〝道具〟を人間は手に入れたことになる。

ただし、ここに注意を要することは、人間がかつて発明し、あるいは手に入れた〝道具〟(tools)のもつ基本的な性格の問題である。それらの文明的な道具は、それが出現すると、なるほど人間にとって便利な、役に立つ役割を果したが、同時に、それ自身の運動法則をもつようになり、人間の道具である反面、道具の方が人間を支配するようになった。これは、人間の発明したすべての〝道具〟について共通して指摘することのできる性質である。そして、人間は、自分が道具として発明したものでありながら、それを自主的にコントロールすることがしばしば困難になり、むしろ、道具に隷属してしまうことすらおこったのである。

もうひとつの問題は、エネルギーの手段の人間社会のなかでの独占ということである。火のようなものは、誰でも手に入れることができた。しかし、エネルギー入手の方法がより技術的になり、またその規模が大きくなるにつれて、それは誰でもが、個人的にもつというわけにはゆかない。ことに原子力のような巨大エネルギー源となると、〝人間〟がその利用に成功したといっても、現実には、人間のもつ社会的な機構によって、その所有、利用、分配が影響されざるを得ない。つまり、原子力のような〝エネルギー〟は、人間の社会組織の問題と密接にかかわるものである。

先にのべたような意味で、原子力は、決して人間にとって単純な道具ではない。それはエネルギー的に強大である故にその使い方如何によっては、人間の主体性をうちこわし、人間の本質的なものを破滅させてしまうおそれをもつものである。そしてこのことは、ヒロシマの経験がはっきりと示しているのである。

人間が原子力を開放し、それをまず〝武器〟として用いたという、不幸な歴史は、それ故、きわめてふかい、根源的な意味をもつのである。ヒロシマの犠牲者たちは、人間の愚かさの犠牲になったと同時に、その愚かな人間が手にした、途方もないエネルギーのもつ意味について、身を以て永久の警告をのこしたのであった。この警告のもつ、切実にして重大な響きを感じとり、それに畏敬を覚えないならば、人類の滅亡の日も遠くはないといわなければならない。

原爆資料館の役割

原爆資料館長
小倉　馨

広島の原爆は、時の流れと共に忘却の彼方に押しやられる傾向にある。核時代という言葉もいつしか、宇宙時代に取って変わられているのが今日のようである。しかし、よくよく考えてみると、核時代が消え去ったというわけではなく、むしろ、一九四五年当時の核に比べ、今日の核の実体は揺籃期からすっかり、成熟の期に入って、国際政治で示される驚くべき核兵器の破壊力と人類の危機の点はますます一触即発の様相と、核拡散の傾向が起きている。

このように、忘れてゆかれる広島の事実と、危険性をはらんでいる世界の軍事支配の情勢の中で「ヒロシマ」の使命は何であろうかと、自ら問わなければならない。

広島の被爆者の年齢はかさみ、その体験記憶も薄らいでゆく。長い間背負ってきた心の痛みが軽くなることは、良いことであるが、一方核戦争の脅威を訴える声も、自然と弱まってゆく。弱まるだけでなく、いつかは生ける証言者が居なくなる時代にもなろう。

広島にある原爆資料館はその意味に於て、被爆者に代る役目を果す機能をもっている。展示されている、遺物、遺品、写真は、無言のうち変わらぬ表情で、次の世代に原子爆弾の人類に及ぼす影響の意義を継承しようとして語り続けている。

広島からのこの切なる要望に引き替え、科学は自らの性質として、ますます日進月歩を辿ってゆくであろう。願わくは、この進歩を促す人間の知識も賢明な知恵でもって、正しい人類の発展のために、その進路を矯正するよう願って止まない。

ヒロシマとパールハーバー

広島女学院大学教授　庄野　直美

一九六四年の五月から六月にかけての約一カ月間、私はアメリカ合衆国の西部サンフランシスコから東部ニューヨークまでの約二十都市を、講演旅行した経験がある。アメリカのキリスト教関係団体（主としてクエーカー派）の招請によるもので、「核時代におけるヒロシマ・ナガサキ」について、自然科学者および被爆者の一人としての立場から原爆被害の実相の説明とともに率直な意見を述べた講演旅行であった。

この旅行のなかで、かなりしばしば私は、日本軍によるパールハーバー攻撃に対する非難を受けたものである。

ヒロシマとパールハーバーの問題は、素朴な国民感情の次元で非難や弁護がなされるような問題ではないと思う。それは根本的に国家権力にかかわっていた問題であり、私たち国民あるいは民衆には、何も知らされないままに突如襲った人災であった。

パールハーバーをめぐる問題は、当時のことについて記した歴史文書によって明らかである。一九四一年三月から日米会談が開始され、日本は対米妥協か対米開戦かの二者択一に直面することとなったが、アメリカは日本軍の中国侵略の全面停止を主張し、妥協の見込みは容易にたたなかった。そのうち十月、好戦的な軍人、東条英機氏が首相に就任するにおよび、対米開戦は決定的となった。十一月五日の御前会議（天皇を中心とする閣僚会議）において十二月上旬の武力発動予定が議決され、十二月一日の同会議で開戦の決定がなされた。

このような経過は、当時の日本国民は全く知らなかったことで、十二月八日に突如、海軍航空機によるパールハーバーの軍港奇襲および南方はイギリス領マレー半島への陸軍部隊上陸を青天の霹靂《へきれき》をもって知らされたのである。しかも、日本からの開戦宣言が、米・英に対して発せられたのは、攻撃開始から約八時間後のことであった。

日本政府によるこの奇襲は、憤激した米国民に「リメンバー・パールハーバー」という対日報復戦貫遂の決意を固くさせる効果を生み出し、その上に、イギリスにとっては、それまで参戦を延引してきたアメリカの巨大な戦力を味方に引き込むという有利な結果を与えたのである。日本の民衆にとっては、その後の苦しいあらゆる非人間的な生活の始まりでしかなかった。

広島・長崎への原爆投下をめぐるいきさつも、多くの歴史文書によって明らかである。なかでも、原爆投下決定の最高責任者であったトルーマン大統領の「トルーマン回顧録」は、さまざまな意味で重要である。それは彼らしい誇りと勇気に満ちた書で、そのなかから、いくつかの記録に目をとめてみよう。

原爆の開発は巨大な事業で、科学、工業、労働、軍事の一致した努力の成果であり、十万人以上の労力、二年半の歳月、二十五億ドルの費用を必要とした。極秘中の極秘であっただけに、工場に働く何千人という人びとのうちでもごく少数の者だけが何を作っているかを知っていたにすぎず、ワシントンにおける最高の官吏でもなにも知らなかったという。トルーマン氏自身も、大統領就任の直後（一九四五年四月）スチムソン陸軍長官から、原爆開発について初めて知らされたという。そのとき、計画は完成に近づいており、原爆使用をめぐる最高級のメンバーからなる大統領の諮問委員会（日本の御前会議に相当するであろう）がはじめて作られた。

「どこで、いつ原爆を使用するのかの最後の決断は、私にかかってきた。間違った決断をしてはならない。私はこの爆弾を軍事兵器とみなし、それを使うことに疑念はもたなかった」と、トルーマン大統領は記している。さらに彼は、「……しかし、もっと驚くべきことは、この計画の規模、その秘密、費用ではなくて、いろいろと異なった科学分野の多くの人びとがもつ無限に複雑な知識の断片を集積し、可能な計画につくりあげた科学的頭脳の成果である。これまでになし遂げたことは、史上における組織立てられた科学の最大の結晶である」として、戦争のための科学を誇らしげに讃美しているのである。

かくして、一九四五年八月六日のヒロシマおよび九日のナガサキは、アメリカ国民が全く知らないままに準備され実行された国家権力による事件であった。

自分たちの国家の行動に対して、常に国民は責任がないとはいえないが、パールハーバーとヒロシマの場合は少なくとも、いずれの国民にもどうしようもなかったし責任のないことであった。国家権力は、しばしばこのような非人間的な行動を、国民を無視して、しかも自国民のためという大義名分のもとに行なう。

私たち民衆が、二つの大きな歴史的事件をめぐり、それを必要悪として是認するものではもちろんないが、単純な国民感情のレベルでお互いに相手の非を責めるのは全く賢明でない。このような大事件が再び起こされないために、私たちは、その経験を普遍的・心理的に、共有するとともに、自国の国家権力を監視しなければならないのである。

世界の声

ヒロシマ爆撃について思うことども

歴史学者（イギリス）

アーノルド・J・トインビー

一、原爆投下は、全く不正不法の行動であった。

二、それは従来の戦争行動以上に、不正不法だというわけではない。その影響は、遥かに恐るべきものであったが、戦争それ自体がどんな場合でも、極度に不正不法であったし、現在でもそうだ。

三、原子爆弾投下は悪い事だったが、いわれの無い出来事ではなかった。一九四一年に、日本は、米国合衆国、英国、フランス、オランダの諸国に対して、挑発を受けぬのに攻勢的戦争を仕掛けた。それ以前、一八九四年、一九三一年、一九三六年には、中国に侵略をした。

四、第二次世界戦争において日本の攻撃を蒙った諸国は、この戦争を避けようと努めた。それは、少なくとも、一部においては、第一次世界大戦における経験からして、戦争は邪悪だ、との確信に基いていた。

五、戦争は政府によって企てられるが、政府は、少なくとも成人に達している国民の黙従なしに戦争を企てることは出来ぬ。非民主的社会制度下にあっても、成人した国民は、その政府の行動に対して、ある程度責任がある。責任の程度如何《いかん》の算定は非常に困難であるが、責任そのものは否定できない。しかし、子供らは、大人達による悪事の遂行もしくは悪事への黙従には責任のない被害者である。一九四五年八月六日にヒロシマで爆死し、もしくは被爆した子供達は、潔白であった。

六、原子爆弾は断じて使用されるべきではなかった。その代りに、あらゆる国との間に会議を開いて、人類は、原子核戦争のみならず戦争そのものを廃止すべきであることを決定すべきであった。原子爆弾を保持していた交戦国は自ら進んで、その使用を避けるよう努むべきであった。

七、人類は、ヒロシマに原爆投下を避けなかったばかりではない。一九四五年八月六日以後、二十六年以上も経過している現在でも、まだ戦争を、お互いは追放してはいない。原子核兵器すらをも廃棄してはいない。却って更に破壊力のある原子爆弾を開発しつつあるのである。原子爆弾保有国は相競って、そうした爆弾を蓄積し合っており、いくつかの国々はこれまで、まだ、再び原爆を使用するまでには至っていないが、引きつづき戦争を行っているのである。

八、こうした、原爆の開発に続いて、戦争を行ない戦備を競い続けている有様は、悪質であるというよりは、狂気の沙汰である。その責任の大部分は、原子核保有国の指導者たちに帰するが、全人類にも、ある程度責任がある。

九、戦争が追放されない限り、そうした恐るべき新兵器が使用されるに至ることは、過去の経験が示しているところである。

十、更にまた、過去の経験が示しているところによれば、慎重な考慮を払うというだけでは、人類が集団自殺を犯すのを引き止めることは出来ない。われわれは、戦争は悪だとの確信の故に、戦争を追放すべきである。原子核戦争は甚しく破壊的であるとの理由からのみ、これを控えるというだけなら、結局、自分自身を破滅に陥れることになろう。

平和に向かっての慈悲の時代

ノーベル物理学賞受賞者（フランス）

カストレール・アルフレッド

広島に原爆が投下されてから四分の一世紀以上も経ちました。

科学の偉大な発見の一つである原子核の分裂は、すぐに絶滅と死との役に立てられました。今日、私達は恐怖と紙一重の上に安住を装っています。今や人間は地球上の人類の絶滅を、いかなる瞬間においても引き起す技術的方法を所有していることを私達は知っています。

私達が現在生き残っているのは広島の原爆に負うところが多いのです。十字路に立つ人類は、人類の運命を方向づけるために猶予の期間を自由に扱うことができます。

破壊の技術的方法は、ものすごい比率に達している。そして毎年工業化する各国民は、総額二〇〇〇億ドルを戦争準備に役立たせるために費していますが、その総額の一部分は第三の世界の死活問題を解決するために十分であります。武装解除の同意に達するために従来行われたすべての試みは現在の所、全部失敗しております。

私達は解決の技術的方法がないことを知っています。なぜならば、たとえ兵器の破壊が可能だとしても、それらの武器の建造を導いた知識を破壊することは不可能だからです。国際間の緊迫に際してはこの兵器は急ぎ再建されるのです。解決は人間の心の中にあります。

人間はお互いに戦争に頼らない生き方を学ばなければならないし、また争いの解決法を学ばなければならない。なぜならば争いというものはいつでも多少とも存在するものでしょうが、平和な方法で解決すべきです。人間は国際的な秩序、世界的な秩序を作り出すことを学ばなければならない。各国民は国民主義を放棄することを学ばなければならない。各国民は立法権と司法権をもつ超国家的な制度への各自の主権の代表を派遣することに同意しなければならない。

そこに達するために各国家を超越して、各人相互間に友情と連帯のきずなを作り出さなければならない。

広島は我々にとって、この人間の連帯性の象徴でなくてはならないのです。

平和促進への時代

平和運動家（クエーカー教徒）（アメリカ）

バーバラ・レイノルズ

全世界は、ヒロシマ・ナガサキの被爆者たちに負うところ多大であります。このことは十分に認知はされてはいませんが、彼らの不断の提唱、すなわち、人類は原子核時代の現実を直視し、その真相を理解すべきだ、との彼らの主張がなかったら、人間は自己の存在と文化とを、とっくの昔、破滅に陥れていたであろうことは疑いをいれる余地はありません。

一九七〇年十二月二日に公布されたヒロシマ宣言が説いていますように、人間の能力の中で一番疎かにされ、従って最も微弱なのは想像力であり、一番強いのは健忘性です。しかし被爆者たちは、私たちの健忘を許さないでしょう。彼らほど誠実に無私の献身をもって、他の人々が自分たちの蒙った苦難に陥ることがないようにと努力する被害者は、史上他に例を見ません。

にもかかわらず、二十七年後の今日なお、彼らの叫びが聞き入れられてはいないのです。世界の国々は、世の安全や市民の福利を全く無視して、その国際外交政策の基礎を、原子核兵器の保持と開発とに置いている現状です。二十七年前、世界最初の原爆投下があった結果、戦争なるものは最早時代おくれの無用事だとの考えが、当座は一般に受け容れられていました。原子爆弾を開発した「マンハッタン計画」の責任者、レスリー・グローヴス少将は、この事態を次のように要約して述べていました。

「原子爆弾を避ける唯一の方策は、それが投下される際に、その場に居合わせないことだ」また、在日連合軍の最高司令官であったダグラス・マッカーサー将軍は、ヒロシマ原爆第二周年記念行事の際に、次のメッセージを書き送りました。

「原爆投下の日に加えられた恐るべき災害は、あらゆる民族、あらゆる国民に対する警告として受け取られるべきである。その警告とは、もし人間が戦争の破壊力を増大するために自然の力を悪用することになれば、全人類は潰滅し、地上に築かれたあらゆる事物が全滅するまで、その破壊経過が続くことになるだろう。ああ神よ、この警告が無視されることが断じて無いようにと祈る」と。

ところが、こうした警告を聞き容れた人々は極めて少数で、多くはそれを無視してまいりました。無知な新しい世代が出現し、米国においても他国においても、これまで製作されたものよりも遥かに破壊力を持つ爆弾が開発されました。そして、従来の爆弾は「赤ちゃん爆弾」に過ぎないとされ、ただ「練習用の戦術爆弾」扱いされるようになりました。こうして、新しい恐怖時代がめぐってきました。原爆戦術以外の方策であれば、どんなやり方でもかまわぬとし、一般住民の全滅、全国の徹底的破壊をも、是認しよう、というわけなのです。

こうした事態を憂うお互い、また、ヒロシマ・ナガサキの声に耳を傾けたお互いは、この際、平和をもたらし良識を回復すべく、新努力を試みるべきです。過去「戦争抑制」の二十七年間は、お互いの世界に安寧をもたらしはしませんでした。却って、あらゆる国々の人々は、無力感と恐怖の状態に生きつづけているのです。

しかも、人間が食に飢え、都市が十分な資金や企画を欠くために自滅しつつある最中に、巨額の金が軍備拡張のために浪費されつつあるのです。

今こそわたしたちは、世界の戦後青年諸君に現実の事態を知らせ、わたしたちの愚を彼らが見抜いて新しい方針を選び取るに至るようにすべきです。今こそ、平和考究の道を開発し、あらゆる面において平和促進の実際教育を施すことにより、戦争の観念そのものを、奴隷制度や人肉嗜食《ししょく》などと同様に、時代錯誤の業として人類の思考そのものから排除し去るべきです。暴力によって国際紛争を処理しようなどという考え方は、人類が既に脱却し去った野蛮思想であって、徹底的に排除されるべきです。

ヒロシマに関する文献は、英文では、容易に入手することはできないので今準備中のHiroshima in Memoriumは、必要な分野における要望に応える、極めて有意義な貢献だと思います。高山氏が、その出版のために献身的な努力をなさっておられることは、心からの感謝と賞賛に値することです。私は、この小冊があらゆる学校図書室に備え置かれ、すべての学生生徒、特に、わが国（米国）における青年たちに、読まれるよう切望しています。

世界は戦争の愚を認めて、これを永遠に否定すべきです。そうすれば、ヒロシマ・ナガサキの悲しい犠牲も無意味でなかったことになりましょう。「ノーモア・ヒロシマズ」は「ノーモア・原子爆弾」以上の意味をもっています。それは「ノーモア・戦争」を意味し、「全世界において、かかる犠牲を出すことは絶対にしない」ことの宣言なのです。

私はマッカーサー将軍と同様に、この宣言が無視されることが断じて無いようにと祈る次第です。

一つの統一された世界か無の世界か

哲学者・作家（オーストリア）

ギュンター・アンデルス

私の意見に関心をもって下さり、どうもありがとうございます。

ヒロシマという名前を聞くと何をまず想起するかというご質問には、簡単には答えられません。なぜなら、この言葉を聞くたびに、幾多のはげしい感情や思想が、まるで洪水のように一度に私を襲うからです。広島とその住人二〇万ないし三〇万人を破壊したことは、一つの都市一つの都市人口を破壊したというだけでなく、世界中のあらゆる都市あらゆる都市人口を破壊する可能性をも示したものだという感じがいたします。私は広島に行ったことがあります。それで、もちろん、現実には広島は一つの都市であることはよく承知しています。

しかしながら、象徴的には、この名前はこの一つの都市以上の何かはるかに大きなものを示しているのです。それが指し示しているのは、この都市が破壊されてからというものは、世界中のどの都市も、またすべての都市が、ヒロシマのような運命にみまわれる可能性があるという事実です。原子爆弾の発明以来、私たちは地球と人類のすべてを破壊することができるようになりました。そうです、私はヒロシマという名前を聞くと、明日はもはや存在しないかもしれない今日の世界、決して第二のヒロシマになってはならない世界のことを考えます。

事実、ヒロシマの歴史的役割りはこのような考察によって明らかになってきます。ヒロシマという都市、またナガサキという都市の破壊は、人間が一つの超越的存在、自分の世界の「生くべきか死すべきか」をその手に握っている、いわば一種の超人になったことを証明しました。これは決定的に重要な歴史的事実です。そして、それは他のさまざまな事件のなかの一つの歴史的事件というにとどまらず、一つの新しい時代、一つの歴史的な時代、人間が地球上の一切の運命について決定を下しうる時代の紀元を画したのです。私たちは一九四五年をゼロ年と呼んでも差し支えないと思います。なぜならまったく新しい時代、人類がゼロにされうる時代が始まったからです。この事実から、お尋ねの第三の質問、すなわち、人類の平和と共存のためにヒロシマが演じうる役割は何か、という質問の答えを引き出さなくてはなりません。

ヒロシマの破局以来、私たちが生きている新しい時代について語るとき、私たちの発言は歴史にかかわるだけでなく、道徳にもかかわってまいります。一九四五年八月六日、人類は自ら破壊しうることを示しましたが、それにつれて、まったく新しい道徳的な状況が発生してきました。世界中のすべての人びと、一人一人が、自分一人だけでなく他の人びとの永続的生存に対して責任を負っているという状況です。不幸にして愛情によってはうまく達成できなかった何かが、危険を分ちあっているという気持から達成されたのです。初めて世界は現実に「一つの」世界となったのです。私たちは一つの世界に住んでいるのだという気持ち、今やすべての人びとは他の人びとの生命に責任をもっているのだという気持ち、この気持ちが今日広く行きわたらなければなりません。もしこの気持ちが毎日行きわたるようにならなければ、私たちは、つまり人類全体は、そのときこそ希望をすべて棄て去ることもありうるのです。そのときこそ新しい時代は最後の時代となるのです。

なぜなら、そのあとにはいかなる新時代もなく、ただまったくの虚無、いかなる生命も存在しない回転する地球ということになるのです。こういう観点に立ってながめてみますと、ヒロシマと名づけられた事件は私達が未来永劫にわたって果さなければならない義務の象徴なのです。私は「未来永劫にわたって」と言いましたが、そのわけは、人類が自己破壊の知識を忘却するということはありえないと考えるからです。言葉を変えて申しますと、人類は生存し続けるかぎり、核時代に生存し続けることでしょうから。

今日ただ今からは、あらゆる瞬間がヒロシマの瞬間に、つまり地球全体が一つの巨大なヒロシマに変る瞬間になりうるのです。事実、二十五年前の一九四五年八月六日に解き放たれた破壊力は、今日私たちが所有している力に比べれば、ほとんどとるに足りない力でした。今日の水素爆弾によって放出されるエネルギーは、二十五年前ヒロシマ・ナガサキの上空で放出されたものよりも、はるかに強力であるからというだけではありません。状況を一層悪化させている他の理由がいくつかあるのです。一例ですが、核ロケット基地の設置によって、侵略の危険性は恐ろしく増大したのです。というのは、万が一戦争が起こった場合、基地が敵の攻撃の第一目線となることは十分うなずけるからです。基地は破壊を誘引する磁石のようなものです。忘れないで下さい。日本の領土には一二〇以上のロケット基地があるのです。さらに他の破壊手段、すなわち生物化学兵器が発明されています。これがまた原子爆弾に劣らず全面破壊的なものです。以上が今日の状況です。

日本の友人のみなさま、あなたがたは私たち他の同時代人たちが、ただ心の目に思い描くことしかできないものを現実に経験なさいました。みなさまの身の上に、またみなさまのご両親の身の上に起こったことがらを、決して忘れないというのが、みなさまの課題です。

犠牲者とならなかった私たちに警告することを決してやめないというのが、みなさまの課題です。くり返しの機先を制しようとしている人びとを、決して倦むことなく援助するのが、みなさまの課題です。くり返しの危険性がゼロになる世界を、私たちはみなさまと共に作っていきたいと願っています。現代のような破壊の時代では、私たちはまず破壊の危険性を破壊しなければなりません。以上がみなさまに対する、またこの地球に住んでいる私たちみんなに対する私の希望です。

豊かな平和の世界へ向かって

（オーストラリア）

ホック夫妻

第一次世界大戦の際、それに反対意見を持っていたオーストラリアの人々は、「その意見は間違っている。この戦争は、従来の戦争とは違っている。こんどの戦争は、あらゆる戦争を終らせる為の戦争なのだ」と言い聞かされていました。それに対して私たちは、いずれの側が勝ったとしても相手の側は不満であろうから、その戦勝はさらに次の世界戦争を引き起こす原因になろうと答えた次第です。

軍備は防衛上効果的だとする考え方は、ますます効果的な軍備を促進する競争を引き起すことになり、各政府がそうした軍備拡張のために金を浪費するのを国民が許容しつづけることになれば、お互いの文明を早晩、破壊するに至るようであります。

もし、ある競争国の政府が軍備の完全撤廃

を断行したら、それは冒険を敢えてすることになりましょう。でも、それは、現在の軍備競争を進むにまかせることによって生ずる冒険ほどに大きい冒険ではありますまい。むしろ、ある国家が、断固として公然とその軍備を撤廃する行動に出れば、他の国々の良識ある世論はそれに励まされて、その勇断に倣うようそれぞれの政府に要請するに至るであろうと思います。そうなれば、軍備の継続に莫大な経済的利益を期待している少数の人たちは、困惑することでしょうが、その結果として、世界連邦が実現するでしょう。

十九世紀の期間には、オーストラリア植民地がそれぞれの政府を立て別々の軍隊をもっていて、論争が生じた場合、(例えばヴィクトリアとニュー・サウス・ウェールズとの間に)戦争に至る危険が時々あったことを私は当時子供ながら憶えています。ところが、一九〇一年一月一日以降に連邦政府が樹立されてからは、まだ連邦軍隊はあり対外的には脅威であり、従って自国にもそうでしたが、内乱の危険は無くなっている次第です。

世界連邦政府は、あらゆる国の一般民衆にとって大きな祝福となると思います。いたるところの一般民衆の大多数は、聖人でなくても、「持ちつ持たれつ」の生き方を欲します。一般の人情として、人々は事故による怪我人をいたわり、非情な罪人に襲われた人を保護し、また他の人々と互いに尊重し合って交際することを希望するものです。

軍器の商社は、双方の国で、それぞれ、対手の国が攻撃の準備をしているなどと宣伝して、莫大な収益を得ているのです。こんなやり方は平和と安全を確保するどころか、戦争にいたらせるだけです。そうした結果おこる戦争は、もとより真の平和につながるものではありません。第二次世界大戦において使用された「防衛」軍器の恐るべき破壊力は、ヒロシマ及びナガサキにおける男女や幼児の無差別的悪魔的で、恥ずべき虐殺において、その頂点に達しました。なお、勝った側の司令官らによって押し付けられた「平和」条件なるものが不当なものであったことは、勿論です。しかし、ヒロシマの悲劇は、一般民衆の間に公正な判断を促進し、軍隊制度自体を排除すべきだとの決意を促すにいたったのでした。そこでお互いは、公正な判断の普及を促進し、それによって、非暴力へ世論の波を起し、軍隊制度によって暴利をむさぼる不当利得者どもを封じ去るよう努力しようではありませんか。多数の人々が結束して、軍国主義の百万長者や将軍らの言い分に従わなくなれば、彼らが戦争に加わって互いに殺し合うようなことはなくなりましょう。

イエスは、実に明晰な思想家であらせられました。「悪に勝たれるな。善をもって悪に勝て」単なる平凡な信心語ではなく、明快な常識です。もし、私たちが、他国からの不当な攻撃に対し、自分たちの軍力によって自分を護ろうとすれば、自分たちの軍力は相手のそれより有力なものでなければならず、従ってもっと暴力的なもの、他に対して更に脅威的なものであらねばなりません。こうして、競争は続けられ、従って軍器の商社は、ますます莫大な利得を重ねて行くわけです。

私は、オーストラリアと日本との真の友好関係が続けられ増進されて行くよう切望して止みません。

ヒロシマ——不安と希望

新聞編集長（西ドイツ）

インゲンバーグ・クスター

私は一九三六年に、私の生涯で初めて、日本からの人達におめにかかりました。当時、私はベルリンの三菱商事会社のヨーロッパ代理店事務所に勤めていました。私は、事務所に勤める支配人だけでなく、若い日本人社員達も、母国の富裕な家庭からの方々であると、ドイツ人の同僚たちから聞かされていました。

彼らは、新しい女達には好意を持っていないようでしたが、一緒に仕事をしているドイツ娘達とは、仲良くやっていました。

私はその頃、ドイツ国の平和協会の実行委員長であって、一九三三年に国家社会党によって投獄されていた一男性と婚約をしていました。一九三六年には思いもかけず、彼は更に二年間、収容所に留置されることになっていました。三菱商事の事務所では、私が「りっぱな」国家社会主義者かどうかを問いただす人はいませんでしたし、私共自身も、「ハイル・ヒットラー」などと言いもしませんでした。ある地図が壁にかかげてなかったら、こうした環境の下で、私は結構幸せでいたことでしょう。私たちの支配人・船橋氏は、毎日、中国本土での勝利のしるしに、その上に小旗をさしとめるのが常でした。私は日本の「民衆」との接触がなく、ただ帝国主義者やナチ党の仲間とだけ接触していたことを悟りました。わたしたちは「もう一つのドイツ」を代表する者ですが、「もう一つの日本」については無知だったのです。この事態は、第二次世界大戦後には変わりました。

一九四五年の八月に、わたしたちは、原子爆弾がヒロシマとナガサキに投下されたとの報道に接し、このような非道の行為が被爆都市の人々に及ぼす影響を思って、ぞっとしました。私たちは、真心から、国の内外におけるファシストどもの敗退を願ったのですが、爆弾はファシズムを破壊しないで、却って戦争に飽きあきし、平和に生活を過ごすことを切望している無事の民を主として殺したのです。私は中国の地図をひろげて見て、一九三六年における思いと同様に思いめぐらしました。婦人子供たちが無惨に虐殺され、あるいは苦悩している様を想像しました。今や新しい爆弾を知るに及んで、私たちは、民衆の間の平和と理解促進のために、直ちに仕事に取りかからねばならないと感じましたが、取りあえず、ドイツの再武装を防止すべきだと思いました。しかし、間もなく、私たちは、我が国の右翼勢力が西欧同盟諸国から暗黙のうちに激励を受けていることを知りました。そこで、私たちは、平和運動を積極的に推進することにし、この方面のあらゆる努力を支持することにしました。

私は、夫が主宰している新聞の編集主任になりました。一九五一年には、交友たちと協力して、西ドイツ婦人平和運動を起し、雑誌「女性と平和」を発刊しました。わたしたちは、米国合衆国の不幸な政策に挑戦し、ドイツのキリスト教民主主義政体に反対しました。世界はやがて、新たな戦争勃発を恐れおののく有様になりました。ヒロシマの事にかんがみ、もし戦争が再び起って原爆が使用されたら、専門家たちが絶えず爆弾の開発を進めているのですから、どうなることか。人類は全滅させられてしまうに相違ないと思いました。日本に投下された最初の原子爆弾は、皮肉にも、破廉恥にも「赤ちゃん爆弾」だ、などと呼ばれています。また「ちっちゃい子」などとも。あたかも、子供がお隣りの子を訪れる場合のように。私たち平和のために戦う者たちは、更に、官僚当局に対して挑戦しなければなりませんでした。告発や中傷を堪え忍ばねばなりませんでしたが、ヒロシマによって眼を開かれた私たちは運動を続けて行かねばなりませんでした。私たちは、原爆戦争がはじまったら、もう勝利者も生き残るチャンスもあり得ないことを、はっきりと承知していました。事実、告発を受けても、私たちの主張は普及して行きました。ヒロシマは恐怖の象徴であると同時に、希望の象徴となりました。わたしたちは、引きつづき、人々に対して、全世界は、諸問題が平和的手段によって論議され解決されるような人生を確保する方向へ、全精力を傾け、全能力を集中して、転回する必要があることを人々に知らしめ、認めさせるよう努めましょう。ヒロシマやナガサキからの平和と理解への要請は、世界の人々が応じなければならないのであって、もはや政府当局によって沈黙させられるものではありません。事実、私たちの運動は、既に海外における同志の支持を受けて、現今の欧州において着々効を奏しつつあるのを見ます。

将来に希望を抱いて進みましょう。

科学的実験

小説・政治評論家（アメリカ）

アイラ・モリス

アムチトカ（アラスカ）における原爆実験は、ヒロシマの原爆よりは、およそ百倍ほど強烈なものだったと評価されている。その目的はそれは、同型の仮想戦闘力をそなえたアメリカ式飛び道具の効力如何《いかん》をテストする為であった。だが、新たな飛び道具が開発されるごとに、それに対抗する飛び道具が必要になって来るであろうから、大々的な原爆襲撃の場合、何百という投下弾に対してどのような防空体制が必要なのか疑問である。この疑問を解く為に生き残り得る者は、殆どあるまい。原子力研究所は、このアムチトカ島の核爆発実験の反響がまだおさまらない中に、多分以前から用意していたらしい自慰的な声明を発して、この実験は対抗爆弾の実力を実証したのみでなく、周辺には何らの損害（たとえば、地震を引き起すことによって海底に大きな亀裂を生ぜしめるとか、あるいは海潮に変調をもたらすとか）を及ぼしはしなかったと言って、すべての人に、特に、これに抗議を申し入れた日本とカナダに弁解をした。更に我々の気をやすめるために、それが為に海中に及ぼした被害は、ただ十六のラッコと数十匹の魚類とを死なせたに過ぎないと説明していた。こうしたあわてた弁明が何らの価値もないことは、当該科学者たちには明白だった。科学者たちは、この爆発が周辺に及ぼす究極的な影響は一年間ぐらいは明らかにわからないかも知れないと言っている。だが、米国原子力委員会が主張するように、原子力やその他の科学的実験は、「米国合衆国の最善の利益のため」だと論断し得ようか。同様な科学者群の人たちも、軍の同僚たちの激励を受けて、世界初の大実験を敢行し、ヒロシマ及びナガサキを全滅させたのではなかったか。こうして、これらの都市で生き残った人々に四半世紀にわたる不必要な苦痛をもたらした爆撃の成功を、今なおたたえて止まないのである。不必要？　そう、私は、故意にこう言った。今では、殆ど一致した意見であるが疲弊し切っていた日本が一発の原爆がなくても、いわんや二度もの原爆投下などがなくても、速やかに投降しただろうとは殆ど一致して認められているところである。いずれにしても、折角、念入りな、また高価な準備を要した実験だから、これを強行しようとの誘惑が強くて、人々の痛苦や生活の荒廃といった形で重大な被害が及ぶことを憂えた人たちの抗議を押しつぶしたわけである。

元より、科学の進歩は、実験を基本とするということは、疑う余地がなく自明である。しかし、こうした戦力増強のために試みられる戦闘的実験に要する犠牲の是非に疑問を抱く権利は、世界の民衆にはないのであろうか。キュリー夫妻や、その他初期の実験者たちが放射能にかかって死んだ犠牲は、彼らが後世に伝えた科学的知識にかんがみて正当化されようが、ヒロシマ及びナガサキの潰滅が、原爆の「効果」を立証したというので、五十万に上る市民の死滅を正当化することは軍人ならいざ知らず、誰ができようか。やればやれる、という事を立証するだけの目的で、お互いの世界を潰滅させてしまうのか。

憎悪なしでは平和を教えられない

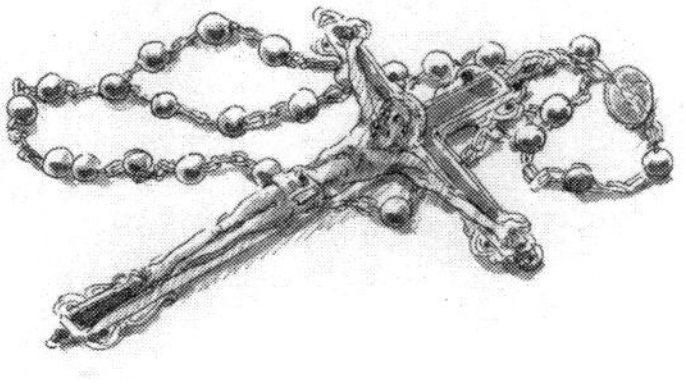

キリスト教平和活動委員（スイス）
ベアテ・ゼーフェルト

原子爆弾がヒロシマに投下された時から、二十六年以上も経過しているが、この二十六年をしても、真の平和は世界に無かった。

アルジェリア、朝鮮、イスラエル、アラブ連邦、ベトナム、ラオス、カンボジア、インド、パキスタン等は、この期間において戦場化した国々の中の数ヶ国に過ぎない。無意味な戦争のために死亡している人間は、苦しめられ、悩まされ、想像を絶するような苦悩を受けて死んでいるのである。爆弾の恐怖は実にものすごい。ナパームの脅威は更に恐ろしい。しかし、最も恐ろしいのは、原子爆弾である。

ヒロシマが、その名状し難い恐怖を体験してから二十六年も経過しているが、人類はそれを忘却したであろうか。少なくともヒロシマの人々は、それを忘れることはできない。それは、この大惨害に遭った人々の外に、直接には原子爆弾を経験しなかったのに、なおその影響を受けて死に行く若者たちが、次々に現われているからである。一体こんな事は、いつ無くなることだろう。それがいつ終わるかがわからず放射能から受けた被害が、数代にもわたって影響を及ぼすであろうという事は恐ろしいことだ。ヒロシマの名は、「再びこれを繰り返すことは致しません」と、幾度も私たちに注意するために、高くあげた人差し指のようである。戦争防止のための努力は、いくら強化しても十分だとはいえない。それは、ささやかにではあるが、もう始まっている。あらゆる人間が、白人であろうと黒人であろうと、あるいは、ユダヤ人、キリスト教徒、仏教徒の別なく、日本人、スイス人、ロシア人、アラビア人、イスラエル人のいずれであろうと、お互い同胞であることを、人々に自覚させなくてはならぬ。同胞であることは、ほかの人に責任を持つことであり、その人格を尊重し、その人を愛することである。こうした事どもを教育に実施するのは、早過ぎることはない。何人も元来生きる権利を有していること、寛容、慈愛は決して空疎な標語ではなくて、各自の生活において実行すべき、また実行可能な行動であることを、自己の実例によって子供達を教育すべきである。

世界が狭くなったという現実からして、平和運動に好都合なきざしが見えていると私は見ている。お互いは、他の国々や民族を知ることが可能になっている。と同時に、彼らの「違っていること」を尊重し、彼らの心理を理解する善意を示すべきである。これは、いつもやさしいことではない。

だが、平和実現に尽すことこそ、お互いが達成に努力すべき、最も困難な課題であろう。人類の将来、その永存すらが、それにかかっているばかりか、平和に生存できる人々こそ幸福であり得るからである。ヒロシマの方々は、八月六日の出来事を憎しみや復讐の感情をまじえて、うらみがましい気持を示さずに話されるので私は、非常に深い感銘を受けている。そうした態度こそ平和をもたらすものではあるまいか。復讐の念も憎しみの思いもなく、ヒロシマを襲った非情事件を淡々と語り、こうした事を再び繰り返すことがないよう人類に警告すると共に、個人的犠牲を顧みず、中傷や侮辱を蒙《こうむ》ることをも意とせず、世界に平和をもたらす為のあらゆる努力をつづけゆく態度こそである。善意の人々こそ、世界に日々起っている事ども、人間が互いに犯しているあらゆる事柄の故に、深い痛みを覚えているのである。イエスが宣うた。「自分自身を愛するように、隣人を愛しなさい」と。この愛の戒めは、殆どあらゆる世界の宗教が説いているところである。お互いがこの愛をたびたび欠いているのは、我々の罪責である。ヒロシマを訪れ、その市民たちに会った者は忘れることは出来ない。彼の為すべき平和の働きは、ただ、原子爆弾をまた投下することを防止するだけでなく、全世界を包む平和を、あらゆる国民が参加し、何らの恐怖もなく生活し働くことの出来るような平和を実現することである。

ヒロシマの蒙った苦難を無駄に終らしめないようにしなければならぬ。

原爆は勝利への希望が引き起こした

ノーベル平和賞受賞者・政治家（イギリス）

フィリップ・ノエル・ベーカー

一九四五年以来、ヒロシマの市民たちは、そのすぐれた市長や、市民生活において指導的役割を演じておられる方々の指導の下に、原子核戦争が何を意味するかを、他の国々に絶えず指示して来ました。

彼らの平和博物館は、外国からの日本訪問者たちに、一九四五年の原爆投下の真相を理解させる上に、大きな役割を果してまいりました。ヒロシマにおける平和会議は、世界の人々に熱心なメッセージを送って、あらゆる国民の参加による全般的武装解除の協定を結ぶことを要望しました。すなわち、今日の武器や軍勢を廃棄するのみならず、国際戦争という時代錯誤の愚挙を永久に葬り去るような協定を要望しているのです。世界の諸大国は、非武装を口先では唱えていますが、非武装が人類の生存にとって実際的で本質的なものであらねばならないことについては、まだ、はっきりした考えがないようです。が、そうした決断に達するのは、諸国民が、国際問題の解決上、この大改革を敢行すべきことを世界大の公論によって教え示される場合です。

事実、国際的管理下の全面的世界武装解除のみが、国家防衛の唯一の実際的体系を提供してくれるのです。世界の首相たちは、相寄ってそれを実現するための会議を実施すべきで、その実行が甚だしく遅れているのです。この問題が勝利裡に決着されましたら、それは必ず解決されるでしょうが、その時ヒロシマは、高貴な役割を果たしたことになりましょう。

行動なき主張は無益

心理学者（カナダ）

アナトール・ラポポート

戦争の恐怖を終らせようとの多くの人々の要望に、私が加える言葉はあまりございません。理性上からも、人情から申しても、全く皆様のお説のとおりです。ですから、もし戦争の恐怖がなお続くとしましたら、また、人類に対する犯罪が、軍の司令官会議や兵器製作所などで、まだ講ぜられているとしましたら、そうした犯罪を準備遂行している人たちは、理性の指示にも、あわれみの声にも、全く無感覚な徒輩だと断ずる外はございません。そうした人たちとても、他の人々と人間として異っているわけではありません。ただ、巨大な軍隊や官僚機関の要員として行動しているのです。将来の原爆攻撃を企画するとしても、彼らには誰をも傷つける意図があるわけではないでしょう。彼らの行動を指導しているのは、他に対する憎しみというよりは、彼らの持つ義務の観念であります。

ある場合には、そうした新しい惨事は科学的技術的性能の勝利に帰するものだとして、成功を誇る面もありましょう。

私の意見では、あなたの企画による小冊「Hiroshima in Memorium」所載の諸論は、一般の人々には効果的に訴えますが、官僚や軍隊の面々には効果薄であろうと思います。機関なるものには、そうした訴えに応じることのできる応受体なるものはないのです。ですから、訴える言葉には行動が伴わなくては、無為無力に終るのです。すなわち、政治的にか革命的にか、しかも常に、特殊な目標を目指して組織され、指導される行動でなくてはなりません。そして究極の目標は、集団殺害を企図し決行させるような、そして、そうした犯罪行為をば、己が義務を遂行し、自己の才能を発揮する上の過程であるかのように見せかける軍事的、官僚的、政治的体系を打破し去ることであらねばなりません。

平和に関する世界の意見

ノーベル物理学受賞者（日本）

朝永　振一郎

ヒロシマ・ナガサキに原爆がおとされてからすでに四半世紀たったこの間、毎年八月六日にはヒロシマにおいて犠牲者の慰霊式典が行われ、日本各地のみならず世々の色々な国々から集まった人々は、二度とヒロシマの悲劇をくりかえしてはならないという思いを心にきざみこの地球を人類共同の真に平和な住処とするには何をなすべきかと心に問いながらそれぞれの家に帰っていく。

それにもかかわらず、いくつかの国々はますます巨大な破壊力をもつ核兵器の開発に狂奔して居り、地下、大気圏の実験が次から次へと行われつづけ、いわゆる核兵器による戦争抑止という、一見もっともらしい理論が「巨大へ」「巨大へ」という限りのない競争に国々を駆り立てている。抑止論者はいう。この四半世紀間、多くの局地紛争があったにもかかわらず、それが世界大戦にエスカレートしなかったのは、抑止論の正しさを示すものだと。

しかし、これは正しい見方であろうか。この四半世紀の間、世界戦争を抑止したのは核兵器ではなく、世界の民衆の世論である。人類という生物の一員である一人一人の人間の声の集成である。人類の一員として、人類を地球上から消してはならないという、素朴な、しかし根元的な願いは、核兵器専門家、戦略専門家、政治専門家、その他もろもろの専門家によって達成されるものではなく、専門的技術、専門的理論にわずらわされることなく、根元にさかのぼって考える全ての人々の力によって達成されるもののはずである。

ヒロシマ・ナガサキを忘れてはならない。それはうらみを忘れるなということではない。それは、ヒロシマ・ナガサキの悲劇がどんなものであるかを知り、そこで人々がどんな形でその生命を失ったかを知り、そして今なお少なからぬ人々が病床に苦しんでいることを知り、それによって、ともすれば見失いがちな問題の根元を確かめ、そこに立ちもどるためである。

ヒロシマ・ナガサキの悲劇は、地球がわれら人類全体の安住の地になるまで、語り継ぎ言い継がれねばならない。

平和への「新しい人類」

キリスト教改革派主教（ハンガリー）

テイボア・パーサー

史上はじめて、ヒロシマに投下された原子爆弾の爆発は、正に新時代の起源を画するものであった。人間は今や原子時代への段階に飛び入って、原子力確保への第一歩を踏み出したのである。人間は今や、建設にも破壊にも、同様に空前の可能性を獲得したわけである。これは実に驚くべき事実であり、また、人間が何か悪魔的な力に強制されたかのように、新発見のエネルギーを破壊の為に悪用したことを反省させられることである。それは、前例がなかったような危険をはらむものであることに、我々に注意を促し警告を与えると共に、この前例のない技術的可能性を自己の破滅のためにではなく、人生の福祉に資するために活用するよう、人類に訴えるべきであることを教示するものである。人類は、ヒロシマにおける大災害の記憶を持ち続けることに強い関心を抱いている。最初の原爆の悲しむべき犠牲者や惨めな生残者たちの運命は、その恐るべき惨事に直接かかわりの無かった人々にも、全人類にかかわりを持つのである。犠牲者たちの受難は人類に対する大きな警告であり、我々はみな、残存者たちの運命を自分自身の事がらとする義務がある。ヒロシマの記憶は、技術的進歩の結果、建設か破壊か、その今までになかった可能性のいずれかの選択を迫られる現代人の良心をかき立てるものであらねばならない。

第二次世界大戦後に展開した平和運動の動因の一つは、ヒロシマに対する原爆によって恐ろしく明らかにされた危険の実感である。それから、キリスト者平和会議が発足したのであるが、ほかにも他のキリスト教団体と同じく、ハンガリーにおける新教派教会によっても運動がはじめられたのである。その運動には、私も当初から参加する機会をもった次第である。この運動は、始めから、原爆による死滅の脅威に注意を促し、諸教会に、毎年八月の初め数日間には、原子爆弾が初めて使用された悲しい事件を記念するようにと説きすすめてきた。そして、ハンガリーの諸教会は、この勧告に応え、十ケ年にわたって八月の第一日曜日をヒロシマ・デーとして守り、この種の災害が、人類の生活に繰り返されることがないようにと祈ってきた。

ヒロシマに対する爆撃は、原子時代の初頭に立った人間に対する警鐘であり、盛り上がる平和運動を強く刺激し、その努力を促がすものであり、また、人類がその持てる全資源をふりしぼり、新事態に際して、平和で公明な将来をもたらす可能性を探求すべきを要望するものである。原子時代の目立った特徴の一つは、科学と技術との革新である。輸送と通信の方法は信じられないほどに改善された。人間関係もまた、徹底的な変化をした。こうした新しい事態は、人間の共同生活、社会、国民、国家のあり方に変化をもたらした。各国内の地域における変化や、諸国間の新関係は、二つの相異なる特徴を持つに至った。一方では、人々や民族は、お互いに接近して、お互いの統合はますます現実化してきた。だが他方では、お互いの間の相違が、従来より目立ってきた。こうした特殊化の現象は、たとえば、貧富間の緊張とか、民族の諸問題などに見受けられる。

現代の特に脅威的な特徴は、原子力の放出によって得られたエネルギーが、先ず第一に、しかも極めて高い程度に、軍事上の目的に利用されていることである。技術時代の愚挙は、軍の分野において最も明白である。というのは、敵味方いずれの側ででも、莫大な費用をかけて作製した原子力武器を実際に使用することがいったいどんな事になるのか、——それは全世界の破滅につながる事だということを、真剣に考えることができないのである。事実、この突如として現われた軍備競争は、力の均衡、恐怖の釣合いを維持する上に資するだけである。原子時代では、人間の生命はこうした甚だ心もとない基盤に乗せられているのである。今始まった新時代の関頭《かんとう》に当って、人間存在の継続、人間価値の保存が不安定になっている。こうした環境にあって、お互いが為し得る唯一の務めは、人間の生命を維持すること、人類の価値を保存することだけである。

これらの目的を実現するためにはわたしたちは、地理的、民族的、思想的相違にかかわりなく、善意を持つすべての人々の協力に俟つものである。人間共存の新しい構造は、人類の倫理的良識の増進なしには、築き上げることはできない。人類が原子力の発見後にも存在を続け得るためには、あらゆる倫理的努力を集中する必要がある。技術的進歩と倫理的沈滞との間の不一致、あるいは逆行は、これ以上続けられてはならない。

私は一教会員としてキリスト教の見地から、次の諸要点の重要性を強調したい。

人類の道徳的水準を高めるためには、諸国民が悉く、一つの血統から生い立った統一体であることを強調する必要がある。キリスト教も他の諸宗教も、その信条の帰結として、人類の統一性を証言している。ある人がこの統一性を次の様に説明していた。

「人類は空間を地球という航空機に同乗して、相共に旅行をしているのである。だから、好むと好まざるとに拘らず、共同の運命を担っているのである、と」（一九六九年、デニス・マンビー編集「世界の進展」の中の論文、ジー・ブラードン執筆「世論と発達への展望」参照）

人類の緊密な一致団結と、より高度の倫理的水準とは、社会主義が普及することによって、はじめて達成される。一方が他方を搾取したり、圧迫したりするような状況では、どんな統一が期待できようか。キリスト教会は、此の問題に取り組んではいるが遺憾ながら、一致した意見には到達していない。

最後に、人類の新たな道徳意識なるものは、新しい人間が史上に現われて初めて実現するものである。しかして、新しい人間が生存するとすれば、新たに生れ出るものでなければならない。言を変えていえば新しい人間は平和な人でなければならない。それ以外に可能性はあり得ない。新しい人間にとっては、人間的価値の順位が変ってくる。

すなわち、倫理的価値が第一位に置かれる。人間性と人道主義の見解が主座を占める。他の見解――政治的、経済的、軍事的、観念的見解のいずれも、前述の倫理的人道主義見解の下に置かれねばならない。だから、冷戦とか緊張政策の代りに、共存主義が樹立されねばならない。敵対宣伝の代りに、対話を実行すべきである。原子核軍備の競争の代りに非武装化、即ち武装なき世界実現のため努力すべきである。

原子時代におけるこうした重大な難問題と取り組むに当り人類は、ヒロシマの惨事の記憶が危険を警告し、従って建設的努力に専念すべきことを、我々に指示していることを忘れてはならないのである。

広島レポート

菊池　彰

広島の声（平和記念公園にて）

平成二十七年（二〇一五）五月、広島平和記念公園で声を集めてみた。

▼ベンチに腰掛けて休んでいる男性（七十歳）

私は九州出身だから根っからの広島人ではないんですよ。ここは原爆が落とされたところなので、すべてのことがそれを中心にして動いている感じで、ましてや今年は七十周年ということだから、よけいに地元の人たちも周りも注目しておられるし、そういう意味では随分と外人さんが増えたというのが昨今の印象かな。こことい、宮島も、観光客が増えたな、と思います。

行政の取り組みについてですか？　あまり関心もったことはないんですけど、今の市長なんかニューヨークに出かけたりしてね、取り組んでおられるんで、しっかりアピールしながら、非核を貫こうという形で地元が一体になって動いているのは、広島ならではのことだろうなと思っていますけどね。

原爆ドームが世界遺産になって、制度のことは良く分からないけど、ここまでずっと皆が大事にして守って、これを後世に伝えて二度と原爆落としちゃならんよ、という形ではね、遺すという意味ではいいんかなと思いますけど。やっぱり、そこに現物がある、っていうことは、訴える力が強いですよね。ただ、写真を見たり、聞いたりするだけよりはね。

私は昭和三十九年に、広島に来ていますからね。ひたすらビジネスオンリーで生きてきたから、社会活動にあんまり眼をむけていなかったし、やっと定年過ぎて、週三日くらいの仕事しながら悠々自適というか。平和活動とかは信念もないし中途半端にやったんじゃ申し訳ないから、やるからにはとことんやらないとね。そこまでの熱意がないですよね、いい加減に生きてきたから。

久しぶりにここに座ってみて…ほんと初めてぐらいかな、ゆっくりすることがなかったから。そう思ってしみじみ眺めていたところでしたから。知っている、見ていると思っていたけど、本当のところを見てないんじゃないかな、という気がしますね。心ここにあらずんば見れど見えずでね、心をおかないと景色を見ているに過ぎないと思うんでね、ものの本質が分かっていませんよね。そんな気がしてなりませんね。だから私なんか、あまり深く入り込んでいないから、一歩ズブッと足入れていけばいいんでしょうけど、するっと上辺だけしか見ていない、だから広島を語るには、ちょっと、ふさわしくないでしょうね。

▼平和記念公園をガイドしてもらったあとの女子中学生

授業であまり習わなかったから大まかなことしか分からなかったけど、爆心地から二〇〇メートルでどのくらいの人数の人が被爆したとか、韓国の方々の当時のこととかも分かるようにしっかりと教えてくださったので、これから勉強するときも活かせていけると思います。

▼スイス人の男性（二十三歳）

広島についての感想を言葉でいうのは、やっぱり、難しい。今、平和になっているから。戦争を知らないから。スイスは百六十年間、戦争はないので。

母が日本人なので、母の故郷を訪れていて、今、五ヶ月くらいになる。日本中を回っているが、勿論、広島には来なくてはならないと思っていた。こんなことがあったって、ちょっと信じられない。

▼ボランティアガイドをしている女性（六十五歳）

長いことやっている中で変化ですか？　んー、先生の対応次第で子供たちは違いますね。あとあとまで質問してくるような子供は意外と少ないですね。学校でも自主的に一生懸命勉強して、これが見たい、あれが見たいといって来る子がいますよね、そういう子たちはしっかりしています。高校生ぐらいの高学年に多いですけどね。

ガイドの時間は平均的に一時間くらい、時間が短いですから十分には出来ません。一時間半あれば、もうちょっといいです。最低一時間半、欲しいですね。二時間あれば、それなりに。だから、今、していたガイドでも、本当に主だったことしかできていないですよね。子供だったら

向こうの中学生の慰霊碑を見せたいのですが、まず無理です。

ガイドは…難しいですよ、やっぱり。ボランティアガイドによっては自分の意見が出ちゃうからね。私だって言いたくなる、けど、抑えていますね。ただ、伝えなきゃいけないことは言っとかないといけないですね。

私は広島生まれじゃない、東京なんです。広島に嫁いできました。こういうこと言うのはど

うかとは思うんですけどね、私、被爆者批判をするんです。もう七十年経って、生きている方々が、未だに被爆者手帳、手帳と言われる、ということは医療費が無料になる、手当てが出る、ということですよね。もういいじゃないかと私は思うんです。七十年経って生きていることでありがたいと思わないとね。被爆されたことはものすごい大変だと思います。だけども、それは東京大空襲にしてもそうです。その人たちに保障はないんです。シベリアの人もそうです、ようやくちょっと保障が出た程度ですね。昔の軍部の姿勢、それに対する政府としての見解も何もないですよね。広島でも、そうですよね。ただ被爆者、被爆者、平和、平和。何かそれに、ちょっと流れすぎているような気がしてね。

二〇一一年の福島の時に思ったんですね。被爆者に一番できることは、自分たちの手当てはもう結構ですから福島の子供たちのために、被爆者手帳と同じような医療費無料、保障、そういうものに回したら、と。それを被爆者に言ったら、即、怒られました。やはり手当ては欲しい、と。ま、それが被爆者の本音です。私は被爆者じゃないけどね。悪いですけど、私、被爆者をそういうふうに非難的に見ちゃうんです。

今、被爆伝承で繋がっている、繋げようとしていますよね。あれも、被爆証言が、長年聞いていると変わってきているんですよ。だんだんと事実が違ってきて、大袈裟になっています。やっぱりそれは年のせいも、長年証言してきた年数もありますけどね。だんだん話が変わってくる、だんだん話が大きくなる、物語的になる、ま、そういうこともありますね。それをそのまま伝承していいのか、そういうことがね、私は疑問になっています。伝承する、っていう人たちは、自分たちがやらなきゃ、っていう、そういう意識があるからだろうけど、逆に被爆者が話せなくなったとき、変な話、見方として、あの人たちが被爆者になってしまうんですよ。もっとやり方があるんじゃないかと思いますけどね。かえって、映像で残すのが一番ですよね。それと同時に、ピースボランティアでも、しっかりと子供を連れて歩いて、説明してあげたら、そのほうが良いと思いますね。

▼埼玉から観光にきた夫婦（男性五十六歳、女性五十二歳）

（男）こういう風景を見ていて、平和だなぁ、と思いますね。

（女）私、個人的に、誕生日が八月九日で長崎原爆の記念日なんですよ、ですからそういうことに関して、特に広島と長崎の原爆の日には思うところがあるというか、その日に生まれたものですから。

このまま、平和が続かないとね。今の時代に生まれて、幸せだなと改めて思いましたし、悲惨な写真とか見てきて、改めて、平和だね、って。

（男）ああいう放射能の被害があって、なおかつ、また、原発っていう部分で推進するっていうのがあるじゃないですか、自分としては、ちょっと矛盾しているよな、って感じます。これだけ被害があったということが分かっているわけですから。原爆ドームや平和記念資料館を見たりすると、余計にそういうようなことを想起させられます。

▼慰霊碑にお参りしている男性（七十一歳）

親父が軍の関係にいて、被爆者ですからね、長生きしましたけど。私は三次《みよし》のほうに疎開していたけど、終戦前に生まれていたけど、一歳だから記憶にはないですね。親父もほとんど原爆の被害というのは感じてなかったからね。私は健康被害も幸いなことに無いですから、身近に被爆者との接点はないかな。

私らは、昔、話を聞いて、戦争というのはこういうものだった、ということは分かっているけど、代が変わって今の若い人らは、別のことの話みたいな感じで、間接的でね。だからだんだん薄れてくると思いますね。本当にあったことなのに、過去の、昔のことになってしまうから。それは精神的には、やっぱり引き継いでいくことが望ましいですよね。

▼観光に訪れた女性（四十六歳）

広島に来た理由ですか、原爆ドームを見たかったからね。後世に伝えるために、遺っていて良かった。

平和記念資料館には被爆瓦とか触ることのできる展示もあり、戦争を経験していない人間でも、生々しく感じられるものがあります。

わたし、結構、いい加減に生きてきたから…。

生きるっていうことに対する考え方が、変わってきたと感じましたね。

▼広島在住の夫婦（男性二十一歳、女性十九歳）
（男）じいちゃんが被爆している。生まれたときから、身近に被爆者がいるという環境、それが当たり前なんで特別意識したことは無いけど。

被爆瓦の触ることのできる展示

（女）広島にいるから日常的にその話もでてくるし…。私は生まれは広島じゃないから、移り住んだときに広島の原爆のことも、資料館も何回も行っているんですよ、やっぱり怖いですよね。福岡出身なので、長崎のほうは行ったことあるんだけど、広島に来たのは嫁いできて、それが初めて。

(男) 小学校のときは語り部さんとか、よく学校にきて話をしていて、年に何回か、小、中、高校と。広島は多分、小学校、中学校は必ずやっているでしょ。

(女) 長崎でも、夏に体育館で。

(男) 現代の状況は、昔とは違いますよね、難しいですよね。使って欲しくはないけど、持ってないとやられるし、それこそ〝抑止力〟って言われますけど…どっちも分かる気がします。僕が国を持っていたとして、国を動かすとしたら、やられたくはないから、持ってはおくのかなと思うんですけど。それを何だろ、戦争とかで使おうとか、っていうのは無いんだけど、抑止力っていうのはわかる気がします。

(女) 私は、いつ落ちるかわからないから、たまにそれを考えたら、怖いなぁと。晴れた日っていうのが、また、怖いですよね、天気が良すぎると。広島の原爆の時も、すごく晴れた青空のときだったじゃないですか。天気だと…私、小倉に住んでいたんですけど、小倉は曇っていて、替わりに長崎に落とされた、という話を聞いていて、だから、それが怖いんですよ。もし小倉に落とされていたら、生まれていなかったかもしれない、彼とも会っていなかったかもしれないって。

(男) ちょうど一週間前くらいに家でそんな話をしたところだったんだよね。

▼ベンチに佇む男性（七十四歳）

今の広島の印象ですか、一口では言えないですね。複雑なんですよ。私の知り合いも被爆者でね、もう亡くなっていますが。その人は兵隊だったからね、広島の話は時々聞いていましたが、広島に引っ越して来てみて、どうもピンとこないんですよね。

実際こうして子供たちが修学旅行で来ていますが、説明する人が、どういう話をしているのかなと思って考えていたんですよ。あまり偏った説明の仕方で、子供たちが勘違いしてもいけないいんじゃないかなと思うんです。アジアの国々に日本は被害者意識が強すぎると言われていますが、確かに私もそうだと思うんですよ。被害者としてではなく、戦争を起こした当事者として、起こしたという言い方はおかしいかな、そういう当事者として、もう少し考えたほうがいいんじゃないかと思います。こうやって平和公園でいつも見ているんですが、こういう子供たちが広島をどういうふうに感じて、勿論説明する人にもよるとは思うのですが、自分たちの住んでいるところに帰るのか、そのことのほうが興味がありますね。もうちょっと公平にね、自分たちも被害者かもしれないが、被害を与えた人たちもいる、そういう人たちのことも考えなきゃいけないと思うんです。日本は被害者でもあり加害者でもあるわけだから、そうですよね。

私は東京出身で、埼玉へ疎開していました。埼玉に世界無名戦士之墓というのがあるんです、その当時はそういうふうには言ってないですけどね。東京大空襲は、その山の上から見ていました。東京の方角の空がオレンジ色になっているのを見て、ただ、綺麗だなと思っていました。家族は無事だったのですが、東京葛飾区の家は焼けてなくなりました。いずれにしてもひどいものでした。

広島に越してきて、子供たちは広島で育ったんですけど、馴染んでないみたいです。広島の人たちが悪い人だというわけじゃないけど、親しみがわかない、というか、人間的になんでしょうね、馴染めないような感じです。

▼アメリカ人の女性（六十一歳）

広島の印象ですか、美しい公園ですね。ミュージアム（平和記念資料館）は…なかなか表現するのは難しいですけれども、非常に悲しいと思います。ミシガン州の生徒を連れてきたのですけれども、毎年連れてきていますが、非常に、この悲惨な状況に、深い印象を受けています。いろんな団体から寄付を貰いまして、広島にきて、その悲惨な出来事を生徒に見せたいと。最初に来たのは二十年くらい前のことで、原爆を落とした国だからと呵責の念がありました。日本人の方から、アメリカ人ということで、どのように見られるのか恐れていましたけど、そういう特別なことは無くて、今は生徒たちが、きちっと理解しています。ミシガン州のレンアウェイ郡というところから、教育局の交換プログラムで、滋賀県の守山市の中学校と交流しています。

最初、私どもが、このプログラムを宣伝するときに、子の親から「そんなところは行くな」というような、いろんな意見があるかな、と思ったのですが、ほとんど聞きませんでした。むしろここへ来て、平和の資料を見て学習するほうがいいと。生徒は純粋な眼で見ています。それは非常に、とても、確信しています。

ジョン・ハーシー（米国・ピューリッツァー賞作家）という有名な人の『ヒロシマ』という本を、まず読ませて学習をして、ここ平和公園へ来て、ミュージアムなどを見ます。このあとホテルへ帰ってから、付き添ってきている社会の先生と一緒に、本を読んだときの感想と、実際に来て見たときの感想とを発表します。二十年の歴史がありますからね。

▼慰霊碑にお参りしている男性（七十六歳）

広島の中心地から十六キロほど離れたところに疎開していて、そこで、ピカッと同時にドーン、光って雲がもくもくと上がって、そんなのを見てビックリして、何のことやらわからんまま縁の下に潜り込んだ覚えがあります。親父が広島市内に勤めていましたから、お袋と一緒に消息を求めたけど何にも分かりませんでした。比治山のちょうど向こう側が家だったんですが、そのとき親父は、横になって新聞を見ていて、光は比治山の陰で当たらなかったけど、家のガラスを全部、身体に浴びて、そのまま自転車で私の疎開先まで逃げて、こういうことがあったんじゃ、という話をして、皆ビックリしました。

二、三日すると母方の夫婦、年寄り、子供ら、十六キロを歩いて逃げてきて、その翌日だったか叔父さんも歩いて逃げてきたんだけれども、顔見ただけでは分からないケロイドで、直接、顔に受けたんでしょうね、人相が変わっていましたね。部屋の中に入るわけにいかないから、小屋にゴザを引いて、そこでおばあさんが一生懸命介護して、何とか持ちこたえて、今から四年前に息を引き取りました。親父も、おばあさんも、おばあさん方のおばさん、奥さん、皆亡くなりました。

そのほかに従姉妹が、当時は学徒動員というので手伝いに出ていて被爆して、これも何も無くてね。被爆後二日目だったか、親父、お袋、皆で探したけど、とうとう見つからんかったですね。ここの慰霊碑には私の血筋のものの名前が六人、一人だけは遺骨の無いまま入っています。

私の家のすぐ近所にね、私よりちょっと年上の女の方が、やっぱり被爆でね、ケロイドだらけの身体でね。アメリカ行ってからケロイド治すというのがありましたよね、その中の一人としてね、行かれましたけど、ああいうのを見てもね、不幸でね、「情けない、情けない、なんで私がこんなことならないけんのやろ」いうことを言い続けながら亡くなられましたけどね。いろんな被爆された方が訴えているのは、当時の苦しさ、辛さ、原爆遭うてね、そのことだけを訴えておられるんじゃないですかね。

平和公園にいると、見学に来た小学生なんかが私のところへ「ちょっと話いいですか、インタビューさせてくださぃ」といってくるんですよ。そのとき私は、「核兵器、核兵器、言うけどね、核兵器いうか放射能、あれを使わんかったら、ピストルやミサイルで人殺しするのは、あなたらは許すんかな。なんで区別せないけんの、核とそういった銃器をなくして、そういうようなもの使わんでもすむような平和な街づくりをしようじゃないか、いうて何で訴えんのかな」と言うんです。そしたら「いや、先生は核のことしか教えてくれんけん」。だからそのへんがね、先生方が子供さんを、何をするために連れてくるんかな。原爆やら、水爆とかね、それを使わんようにということなのか、作らせないようにいうことなんか、それを知るためだけだったら広島にきてもあまり意味がない。先生方もそのくらいの感覚でしかないようでね。

あそこに国立の祈念館（広島原爆死没者追悼平和祈念館・二〇〇二年八月開館）があるけど、何じゃろかな、思うんですよ、広島市民にとってみればね。あんなのお金があるんなら、まだまだすることがあるんじゃないか思うんですよ。国が格好つけたい、それで作っている施設で、広島市民も含めて…複雑な思いをね、被爆した人、亡くなった人に対して供えるのは、埴輪の分（原爆死没者慰霊碑）だけですよね。向こうは何を誰に対して祈るんかなぁ、思うてね。

広島駅の北側に双葉山というのがあって、その上に仏舎利塔（双葉山平和塔）が建っているでしょ。あれは戦後間もないころ、インドのネール首相から舎利を贈られたんですよ。あの山は国立だったんですけども、その上に仏舎利塔建ててね、お参りする、と。きついから山頂に上がる前に麓から手を合わせる、いうことで、仏にね、人間としての思いをぶつけるという神聖な場所なんです。だけど今そこは、市役所の人も、県もそうでしょうが、知ってる人がおらんくらいになってしまって。つまりああいうものは、観光資源として役立つものであれば大事にするんじゃけれど、そうでなければええ加減な扱いでね。

ここの公園も私らに言わせたら、祈りの場所なんですよ、神聖な場所なのね。だが行政は、観光地という見方をしている。祈りというのは広島市民だけじゃなしに全世界の方にもここで祈って欲しいんよね。私らが親父やご先祖さんから聞いた話では、被爆で亡くなった人の霊が、あの慰霊碑におられると。その出入り口というのがここの芝生なんですよ。向こうから来た霊がこの芝生から下を潜ってあそこに宿るんだと。だからここはむやみやたらに土足で入るものじゃないぞ、神聖な場所ぞ、と。そういう話を聞いたことがあるんだけどね。まあ、そんなのは今のガイドさんなんかも当然知らんし、ただ、あれは芝生が傷むけんね。八月六日の式典、国会議員やら、総理やら、外国の人が来たときに格好ようせないけんやろ、そのためのもんで、そういう見方やから。そういった行政と私ら個人との意識のずれが、ものすごうあるんですよね。観光資源いうか、それとしての扱いをだんだん深めていきよるんかな、私個人的には情けないなぁ、という感じがするんですよ。

市長をはじめとして、市会議員も、全然、われ関せず、ですからね。あの人らは自分の懐が豊かになり、ネームバリューが上がればいいっていうだけですからね。最近、今の市長が、国連行って何か演説しとるらしいけどね、市長が言ってね、全世界の人の耳に伝わるんじゃろうか。どんなことが広島の声として全世界の人の腹の根に沁みこんでいきよるんやろうか。国連行ってからガチャガチャせんでも、ここで毎日、一週間に一遍でもええ、六日の日、実際に祈る、被爆、あるいは戦争、そういうのは止めて、お互い手を繋ぎあってね、世界平和な地球を作ろうじゃないかという声を、祈る姿、背中を通じて、この世界に届けるような行動、それを出来たらええなぁと、そう思います。

被爆者の現状

被爆者とは被爆者健康手帳の交付を受けている人のことで、次の法区分がある。
一号　直接被爆者
原子爆弾が投下された際、当時の次の区域内（広島県のみを表記）に在った方
（一）広島市内
（二）広島県安佐郡祇園町
（三）広島県安芸郡（戸坂村のうち狐爪木、中山村のうち中・落久保・北平原・西平原及び寄田、府中町のうち茂陰北）
二号　入市者
原子爆弾が投下されたあと、昭和二十年八月二十日（長崎にあっては同年八月二十三日）までに爆心地からおおむね二キロメートルの区域内に立ち入った方
三号　救護・看護・死体処理に従事した者等
原子爆弾が投下された際又はその後において、身体に原子爆弾の放射能の影響を受けるような事情の下にあった方

昭和二十年八月二十日（長崎にあっては同年八月二十三日）までに、
（一）十五人以上（病室などの閉鎖された空間の場合は五人以上）の被爆して負傷した者が収容されている収容施設などにおおむね二日以上とどまった方
（二）被爆して負傷した者五人以上（一日当たり）と接した方
（三）（一）、（二）には該当しないが、それらに相当する被爆事実が認められる方
四号　胎児
一号、二号、三号被爆者の胎児で、昭和二十一年五月三十一日（長崎にあっては同年六月三日）までに生まれた方

被爆者に対する援護の変遷と実態

被爆者に対し法的措置がとられるのは、昭和三十二年（一九五七）に制定、同年四月一日に施行された原爆医療法（原子爆弾被爆者の医療等に関する法律）が最初である。この法律により、被爆者に対し健康診断等による健康管理と、原爆の放射能に起因する障害の治療が国費で実施されることになり、健康の保持及び向上が図られるようになった。このとき、広島市で七万四六一〇人、広島県で三万二三四二人、全国の合計では二〇万九八四人が被爆者と認定され被爆者健康手帳を交付されている。

昭和四十三年（一九六八）には、被爆者であって、原子爆弾の傷害作用の影響を受け、今なお特別の状態にある者に対し、医療特別手当の支給等の措置を講ずる法律、原爆特別措置法（原子爆弾被爆者に対する特別措置に関する法律）が制定される。この法律によって、被爆者に対し、特別手当、健康管理手当、介護手当、医療手当等の支給が九月一日から実施（施行）され、生活・福祉の安定が図られるよう様々な援護対策がとられてきた。

平成六年（一九九四）十二月の第一三一国会で、これら二法を一本化した、原子爆弾被爆者に対する援護に関する法律（被爆者援護法）が成立し、翌、平成七年（一九九五）七月から施行、一部改正を繰り返しながら現在に至っている。

被爆者として認定された数が一番多かったのは、昭和五十五年度（一九八〇）で三七万二二六四人（広島市一〇万九六一二人、広島県六万八三五六人）で、その後は年々減少し、平成二十五年度（二〇一三）現在、一九万二七一九人（広島市六万一六六六人、広島県二万五九五四人）を数える。

広島市における現状

男女別の割合は、男三八・六%、女六一・四%で法区分では、男女ともに一号が約六割を占め、二号が約二四%で四分の一弱となっている。

法区分別・男女別被爆者構成図〔平成 26 年(2014 年) 3 月 31 日現在〕

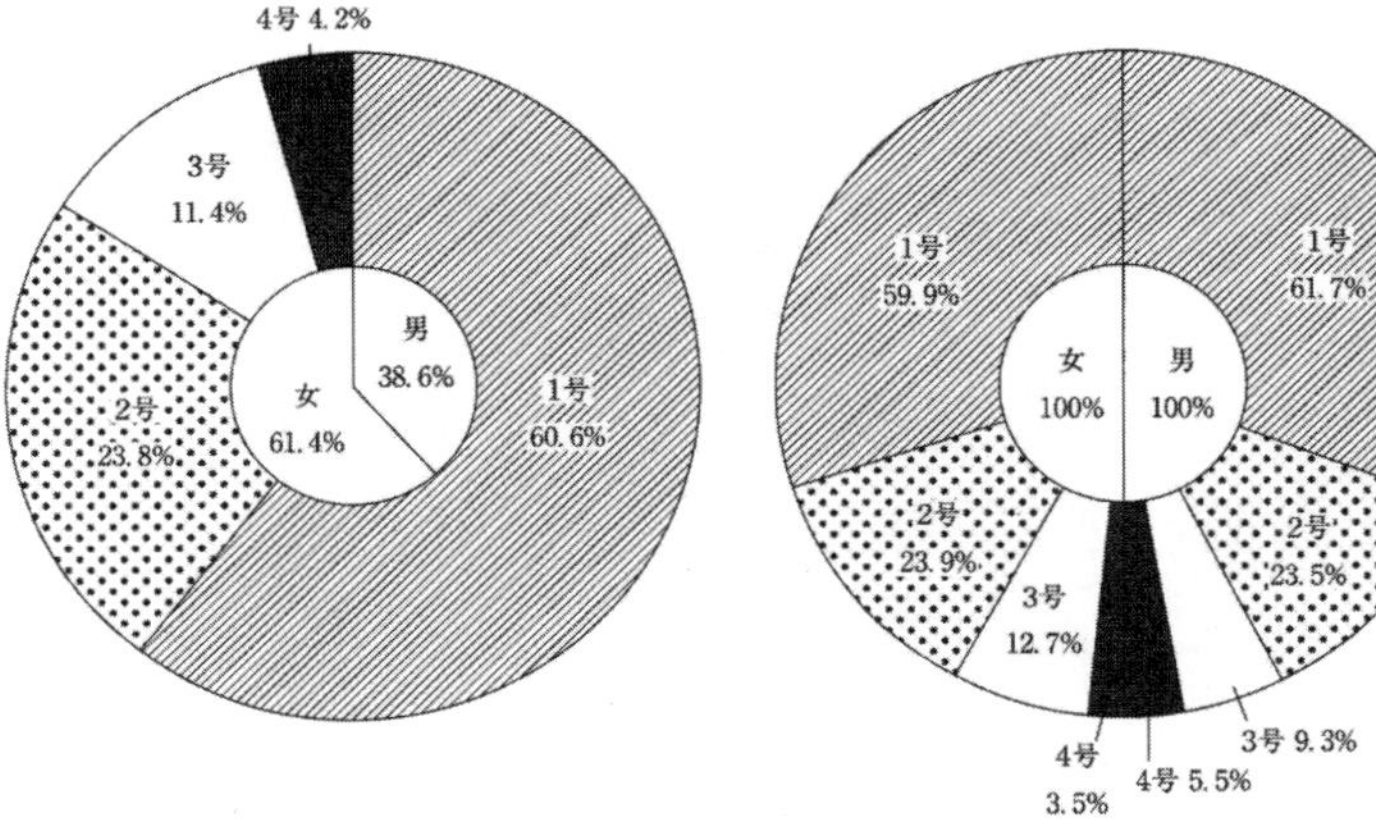

男女別・年齢別被爆者構成〔平成 26 年(2014 年) 3 月 31 日現在〕

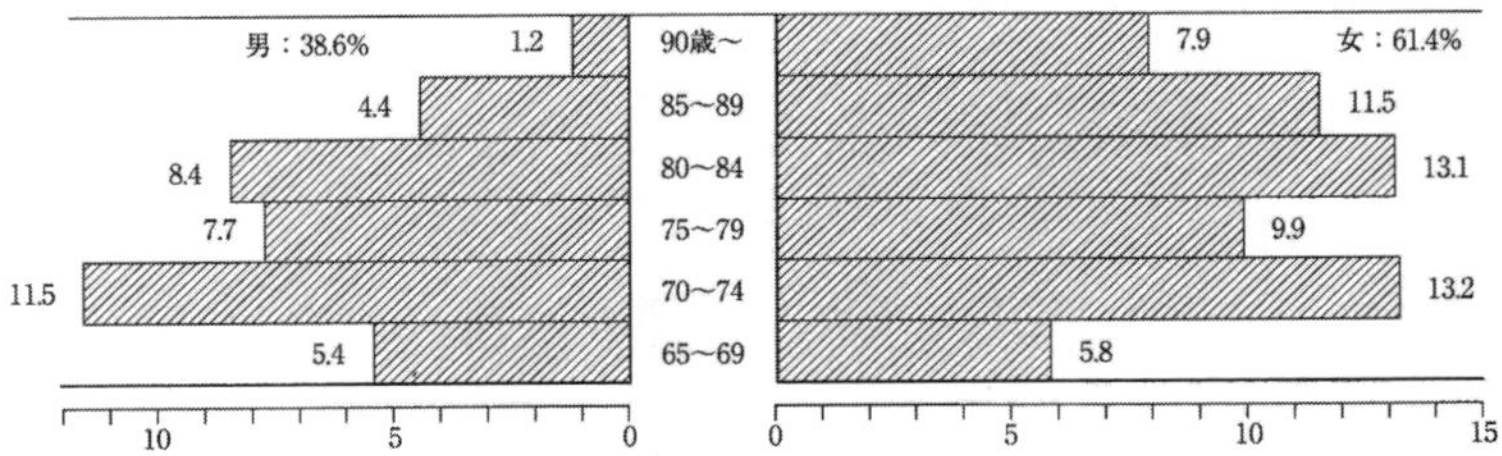

被爆者年齢構成の推移(広島市)

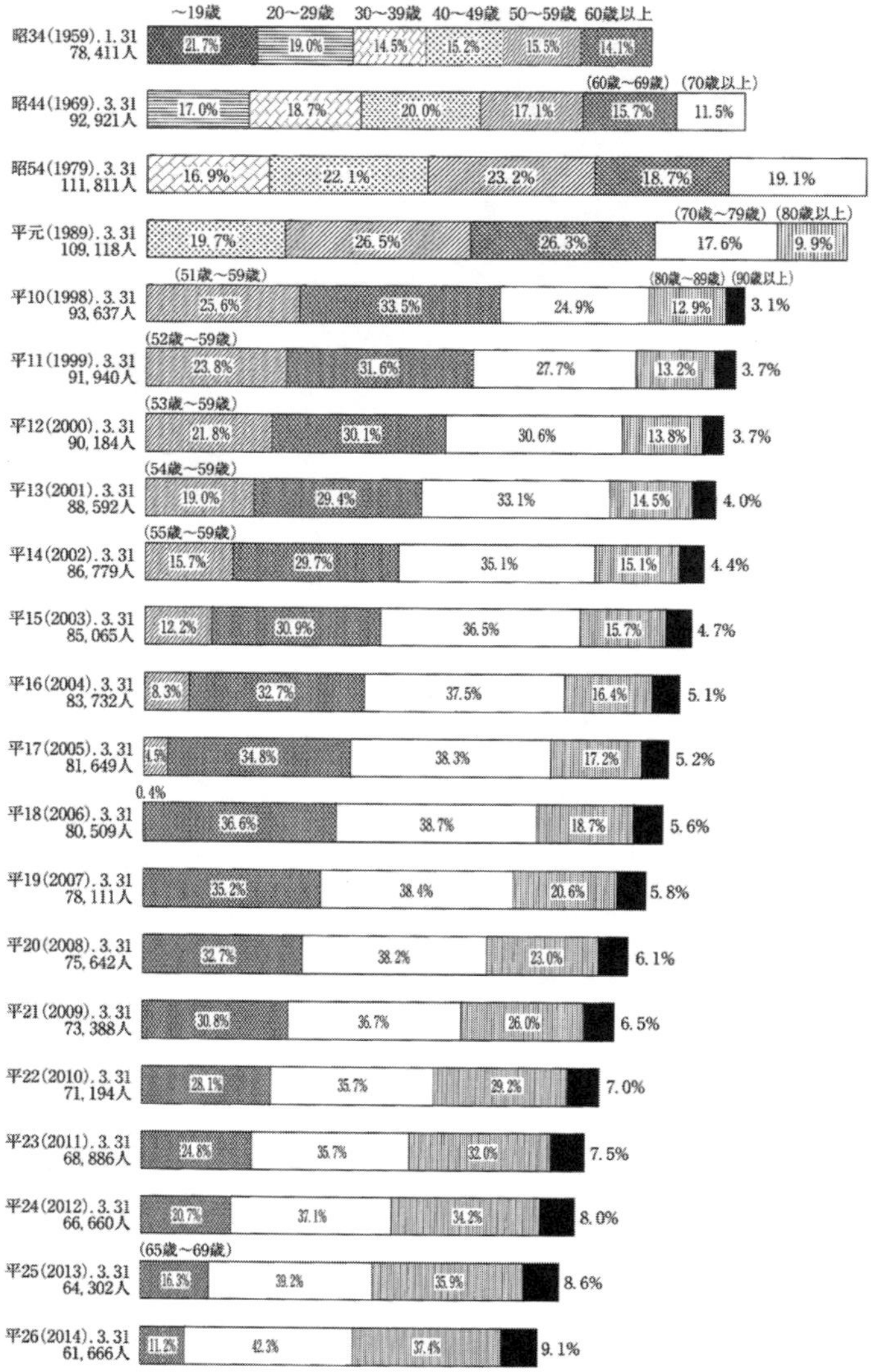

年齢別の構成では七十代が四二・三％、八十代が三七・四％で合わせて約八割を占めている。この十年間の死亡者数は二万五七一一人（二十五年度の死亡者数二七四〇人）で、年々死亡者数が増加しているとともに、高齢化している状況にある。

今もなお、放射能の影響によると思われる病気や体調不良、健康障害等の不安を感じている人などから、被爆者健康手帳の申請が行われているが、本人が幼少であったことや、その周りの人が亡くなってしまっていることなどから、本人と被爆地との関連や被爆者と接していたこと等を立証すること及び確認することが難しく、平成二十五年度（二〇一三）の新規の被爆者健康手帳交付数は、一三一人にとどまる。

参考資料　広島市健康福祉局原爆被害対策部『原爆被爆者対策事業概要・平成二十六年版』

広島を訪れる人たち

観光客数の変化

広島市の観光客数は、昭和六十年代は約七百六十万人で、多少の増減はあるものの徐々に数を増やし、平成元年には八百三十万人を超え、平成九年（一九九七）には一千万人を突破する。この年にはNHK大河ドラマ「毛利元就」が放映されたことや大型イベントが開催されたことが大きな要因ではあるが、それに加え、その前年十二月に原爆ドームが世界文化遺産に登録されたことによって、注目が高まったことも影響したと広島市は分析している。

翌年からは九百万人台で推移するが、平成十七年（二〇〇五）に再び一千万人を超え、その後は大台を維持し続けている。

一方で修学旅行生の数は、平成元年（一九八八）までは五十六万人を超えていたが、それ以降減少に転じる。これは少子化による児童・生徒数の減少もあるが、教職員が戦後の経済成長を果たした、豊かで平和な時代に生まれ育った教師へと世代交代していることも、要因の一つと言えよう。今や指導する立場の大人も、原爆投下の惨状と敗戦国としての辛苦、戦争そのものに対する意識が、過去の事象として記憶の中で薄れつつあることは、まぎれもない事実である。

また、旅行先にテーマパークを組み入れたり、私立高校などでは海外へ行くことも増えていて、修学旅行が多様化している実態が反映されているともいえる。

これらのことを鑑み、広島市は平成十六年度（二〇〇四）に修学旅行誘致専任職員を配置し、全国の学校や旅行会社に直接働きかけるなど、個別誘致に乗り出した。その結果、平成二十年（二〇〇八）には減少傾向に歯止めがかかり、何とか三十万人台を維持している状態である。

近年、目覚しいのは外国人観光客の増加である。

外国人観光客数は、平成十五年（二〇〇三）から、外国人観光客誘致事業（ビジット・ジャパン・キャンペーン）が開始され、平成十六年（二〇〇四）には二十万人を超え、右肩上がりに推移し、平成十九年（二〇〇七）には初めて三十万人を突破したが、平成二十年（二〇〇八）に、世界金融危機と円高の影響を受けて、それまでの増加傾向から足踏み状態となった。

平成二十四年（二〇一二）は、広島市が観光庁の「訪日外国人旅行者の受入環境整備事業」において、外国人旅行者受入れの中核的な役割を担う拠点に選定されたこともあり、対前年比三十一％増の三十六万三千人となった。

平成二十五年（二〇一三）には、円安の影響に加え、東南アジアを中心としたビザ発給要件の緩和など、訪日旅行を促進する環境が整ったことなどから、対前年比四十六％増で過去最高の五十三万人となっている。

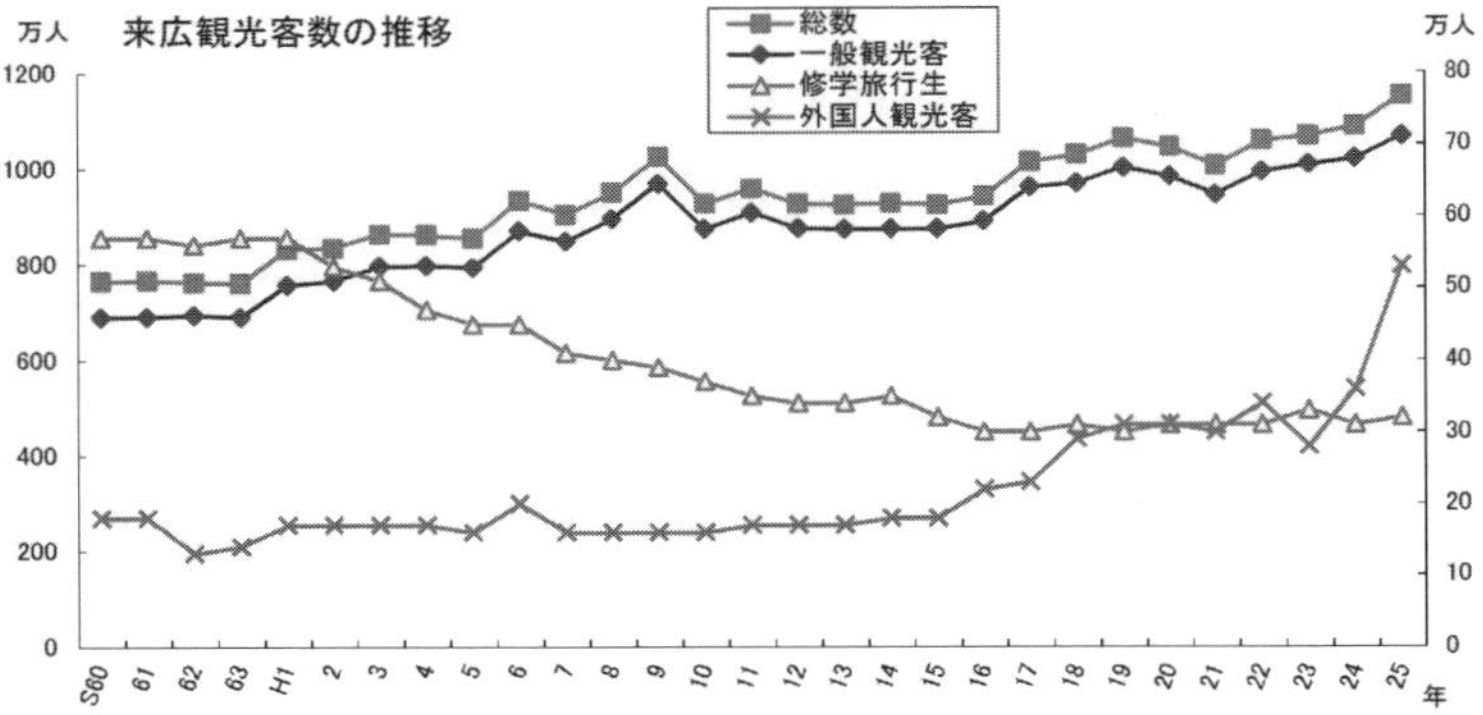

参考資料　広島市観光政策部『広島市観光概況』平成二十五年
（二〇一三）

外国の指導者らの訪問

各国の首相・大統領らによる被爆地訪問は、一般の観光とは一線を隔するもので、個々の社会的・人道的な見識によるものでありながら、その国や地域、団体等を代表する意思の表明と受け取られるものであり、非核による恒久平和を訴えるという国際的な影響力も大きく、注目を集めている。

今年（二〇一五）五月、国連本部で開催された、核不拡散条約（ＮＰＴ）再検討会議で、日本が提案した『各国指導者たちの被爆地訪問』は、中国の反対で削除されたというニュースは記憶に新しい。

とりわけ、核保有国の首相や大統領こそ、広島・長崎を訪問して被爆の実情を把握し、核兵器の非人道性を認識する必要がある。

来広観光客数の推移

単位：千人，％

年	総数		内訳					
			一般観光客		修学旅行生		外国人観光客	
		前年比		前年比		前年比		前年比
昭和60(1985)	7,645		6,896		566		183	
61(1986)	7,656	100.1	6,914	100.3	566	100.0	176	96.2
62(1987)	7,633	99.7	6,936	100.3	563	99.5	134	76.1
63(1988)	7,602	99.6	6,897	99.4	570	101.2	135	100.7
平成元(1989)	8,306	109.3	7,567	109.7	567	99.5	172	127.4
2(1990)	8,342	100.4	7,648	101.1	528	93.1	166	96.5
3(1991)	8,631	103.5	7,950	103.9	513	97.2	168	101.2
4(1992)	8,613	99.8	7,972	100.3	470	91.6	171	101.8
5(1993)	8,541	99.2	7,934	99.5	451	96.0	156	91.2
6(1994)	9,334	109.3	8,691	109.5	446	98.9	197	126.3
7(1995)	9,034	96.8	8,467	97.4	412	92.4	155	78.7
8(1996)	9,494	105.1	8,940	105.6	399	96.8	155	100.0
9(1997)	10,235	107.8	9,684	108.3	389	97.5	162	104.5
10(1998)	9,259	90.5	8,726	90.1	372	95.6	161	99.4
11(1999)	9,581	103.5	9,065	103.9	349	93.8	167	103.7
12(2000)	9,252	96.6	8,739	96.4	343	98.3	170	101.8
13(2001)	9,233	99.8	8,719	99.8	341	99.4	173	101.8
14(2002)	9,259	100.3	8,730	100.1	346	101.5	183	105.8
15(2003)	9,231	99.7	8,734	100.0	317	91.6	180	98.4
16(2004)	9,406	101.9	8,887	101.8	302	95.3	217	120.6
17(2005)	10,131	107.7	9,599	108.0	301	99.7	231	106.5
18(2006)	10,277	101.4	9,678	100.8	305	101.3	294	127.3
19(2007)	10,624	103.4	10,014	103.5	298	97.7	312	106.1
20(2008)	10,435	98.2	9,818	98.0	307	103.0	310	99.4
21(2009)	10,048	96.3	9,439	96.1	305	99.3	304	98.1
22(2010)	10,571	105.2	9,918	105.1	314	103.0	339	111.5
23(2011)	10,673	101.0	10,069	101.5	327	104.1	277	81.7
24(2012)	10,873	101.9	10,197	101.3	313	95.7	363	131.0
25(2013)	**11,513**	**105.9**	**10,667**	**104.6**	**316**	**101.0**	**530**	**146.0**

ただ、日本の訴えにフィリピンやオーストラリアなどオセアニアのほか、欧州、ラテンアメリカなどの数十カ国が賛同していたことから、核兵器廃絶の意識は、核保有国を除く世界中に広まっているといえる。

■広島を訪問した外国の指導者等（敬称略）

昭和三十二年（一九五七）十月　インド　ジャワハルラル・ネール首相、令嬢インデラ・ガンジー（後の首相）
昭和三十九年（一九六四）一月　ベルギー　ボードワン一世国王夫妻
昭和三十九年（一九六四）六月　マレーシア　サイド・プートラ国王、バドリア王妃
昭和四十五年（一九七〇）五月　西ドイツ　グスタフ・ヴァルター・ハイネマン大統領
昭和五十三年（一九七八）十月　トンガ　タウファアハウ・ツポウ四世国王、王妃
昭和五十三年（一九七八）十一月　ポーランド　ピオトル・ヤロシェヴィッチ首相
昭和五十六年（一九八一）二月　バチカン　ローマ法王　ヨハネ・パウロ二世
昭和五十六年（一九八一）四月　デンマーク　マルグレーテ二世女王陛下、ヘンリック殿下
昭和五十七年（一九八二）三月　イタリア　サンドロ・ペルティーニ大統領
昭和五十九年（一九八四）七月　ビルマ　サン・ユ大統領

昭和五十九年（一九八四）十一月　インド　マザー・テレサ修道女（ノーベル平和賞受賞者）
昭和五十九年（一九八四）十一月　フィンランド　社会主義インターナショナル軍縮委員長
　カレビ・ソルサ首相
昭和六十一年（一九八六）九月　ビルマ　マウン・マウン・カ首相
昭和六十一年（一九八六）十二月　メキシコ　ミゲル・デ・ラ・マドリ・ウルタード大統領
昭和六十二年（一九八七）九月　バヌアツ　ジョージ・ソコマヌ大統領
平成元年（一九八九）九月　ウルグアイ　フリオ・マリア・サンギネッティ大統領
平成二年（一九九〇）六月　マリ　ムッサー・トラオレ大統領
平成二年（一九九〇）九月　ジブチ　ハッサン・グーレッド・アプティドン大統領
平成二年（一九九〇）十一月　ホンジュラス　ラファエル・L・カジェハス・ロメロ大統領
平成五年（一九九三）十一月　マレーシア　アズラン・シャー国王
平成七年（一九九五）二月　アイルランド　メアリー・ロビンソン大統領
平成七年（一九九五）九月　ペルー　アルベルト・フジモリ大統領
平成七年（一九九五）十二月　チェコ　バツラフ・ハヴェル大統領
平成十年（一九九八）四月　イタリア　オスカル・ルイージ・スカルファロ大統領
平成十年（一九九八）六月　パラオ　クニオ・ナカムラ大統領

平成十年（一九九八）十一月　ネパール　ギリジャー・プラサード・コイララ首相
平成十一年（一九九九）七月　パラオ　クニオ・ナカムラ大統領
平成十一年（一九九九）九月　パラオ　クニオ・ナカムラ大統領
平成十二年（二〇〇〇）五月　ニカラグア　アルノルド・アレマン・ラカヨ大統領
平成十三年（二〇〇一）二月　キリバス　テブロロ・シト大統領（太平洋諸島フォーラム議長）
平成十三年（二〇〇一）四月　ニュージーランド　ヘレン・クラーク首相
平成十三年（二〇〇一）四月　ウルグアイ　ホルヘ・ルイス・バジェ・イバニエス大統領
平成十五年（二〇〇三）三月　キューバ　フィデル・カストロ・ルス国家評議会議長
平成十五年（二〇〇三）六月　スリランカ　ラニル・ウィクラマシンハ首相
平成十六年（二〇〇四）十一月　ケニア　ムワイ・キバキ大統領
平成十七年（二〇〇五）七月　ウクライナ　ヴィクトル・ユーシチェンコ大統領
平成十八年（二〇〇六）三月　マラウイ　ビング・ワ・ムタリカ大統領
平成十九年（二〇〇七）二月　チェコ　ヴァーツラフ・クラウス大統領
平成十九年（二〇〇七）九月　チリ　ミチェル・バチェレ大統領
平成二十年（二〇〇八）三月　クロアチア　スティエパン・メシッチ大統領
平成二十年（二〇〇八）六月　オーストラリア　ケビン・ラッド首相

平成二十一年（二〇〇九）五月　シンガポール　ＳＲナザン大統領
平成二十二年（二〇一〇）二月　パレスチナ　マフムード・アッバース自治政府大統領
平成二十二年（二〇一〇）三月　東ティモール　ジョゼ・ラモス＝ホルタ大統領
平成二十二年（二〇一〇）六月　アフガニスタン　ハーミド・カルザイ大統領
平成二十二年（二〇一〇）八月　潘基文（パン・ギムン）国連事務総長
（国連事務総長として初めて平和記念式典に参列）
平成二十二年（二〇一〇）九月　エクアドル　ラファエル・ビセンテ・コレア・デルガド大統領
平成二十二年（二〇一〇）十月　ジョゼフ・ダイス国連総会議長
平成二十二年（二〇一〇）十一月　バングラデシュ　シェイク・ハシナ首相
平成二十六年（二〇一四）二月　マーシャル諸島　クリストファー・ロヤック大統領
平成二十六年（二〇一四）三月　ソマリア　ハッサン・シェイク・モハムッド大統領
平成二十六年（二〇一四）三月　ポーランド　レフ・ヴァウェンサ元大統領
（日本語では一般的に「ワレサ」・ノーベル平和賞受賞者）
平成二十六年（二〇一四）六月　フィリピン　ベニグノ・アキノ三世大統領
平成二十七年（二〇一五）二月　化学兵器禁止機関（ＯＰＣＷ・ノーベル平和賞受賞）

ウズムジュ事務局長
同じく赤十字国際委員会（ＩＣＲＣ・ノーベル平和賞受賞）
マウラー総裁

出典：「広島市市民局国際平和推進部国際交流課」の資料を元に作成

アメリカ大統領が、広島・長崎を訪問することの難しさを如実に示すニュースを記しておく。

おととし、アメリカのオバマ大統領による日本への初めての訪問に先立って、当時の日本の外務事務次官が、国内で期待が高まっていた大統領の被爆地・広島への訪問について「時期尚早である」という見解を示していたというアメリカの外交文書が明らかになりました。

これはアメリカ政府の内部文書などをインターネット上に掲載している『ウィキリークス』が、東京のアメリカ大使館からおととし九月に本国に送られた外交文書だとして、公表したものです。

それによりますと、当時の藪中三十二（やぶなかみとじ）外務事務次官は、その二ヵ月後に予定されていたオバマ大統領の来日について、ルース駐日大使と会談した際、「広島で原爆投下を謝罪する見込みがない以上は、国民の期待を抑える必要がある」とした上で「広島を訪れることは時期尚早で、訪問は東京を中心にするべきだ」と伝えたということです。

オバマ大統領は、おととし四月、チェコの首都プラハで核兵器の廃絶を目指す決意を表明しており、日本の被爆者などからは、大統領の来日にあたって、広島と長崎への訪問を期待する声が出ていました。

これに対し、日米両政府は「広島と長崎への訪問は日程上の都合から見送られた」と説明していました。

これについて外務省は「不正な方法によって外交上の文書が公開されたことは極めて遺憾であり、文書についてコメントも確認も一切しない」としています。

（「二〇一一年九月二十六日のＮＨＫニュース」から）

今を生きる

原爆語り部の話を聴く会

被爆体験をした人がどんどん少なくなり、広島の地においてさえ、原爆被害を身近に感じられなくなりつつある中、求めれば誰もが被爆者から直接話を聴くことが出来るようにと、機会と場所を提供している人がいる。しかもそれは、バーという意外な場所だ。オーナーは冨恵洋次郎さん、三十五歳。

二〇〇六年二月から始めたこの会も、二〇一五年六月で一一五回を数える。これまでに被爆証言をした語り部さんは、約八十人。五十回までは同じ人とならないようにしてきたが、語り部さんが高齢化してきたことなどもあり、二回目の証言をしてもらう人もいる。次代を担う若者が気軽に足を運べるよう垣根を低くして、被爆者との距離を縮めようという意図で開催される『話を聴く会』。

切っ掛けは、自身が経営するバーでの、お客さんからの質問に答えられなかったことだと振り返った。

「広島に観光に来られる方というのは、宮島をめぐって、平和公園に行って、市内で宿泊、夜はちょっとお酒も入って、というスタイルが多いと思うのですが、たまたま僕の経営するバーに来てくれた人から、広島の街のこととか、原爆のこととかを訊かれて…。分かっています。

広島では平和教育があるんですよ、それは他県よりも充実しているということも何となく分かっています。八月六日は登校日だし、小さいころから、遠足などで平和公園に行って、被爆者から話を聞く、実際には聞かされる、ですね。そういうことが、小学校では行事としてあって、中学校では少なくなり、高校に入るとほとんどなくなります。とはいえ、自分は平和教育を受けていると思っていました。しかし、県外から平和公園に来る人のほうが詳しいんですよ。自分の知識がかなわないのです。意識して勉強していないので、ほぼ忘れているんです。広島に生きて、育ち、原爆ドームを見ているからといって、原爆について詳しいかといったら、そうじゃなかった自分がいる、知っているつもりでいたが、細かいことは言えない、質問されたことにきちんと答えられない、広島の人間は平和教育を受けているという自負がありながら、すごい格好悪かったんです。広島のことは嫌いじゃないし、むしろ好きで、県外から来た人に対して広島って良いところだよって言いたいのに。」

冨恵さんは、平和記念資料館で展示を観て、図書館で本を読み、知識を得るものの、何かあまり腑に落ちない、実感が湧かない、自分と被爆者の実体験との間に隔たりのようなものを感じたという。

「資料自体が、そうそう、そうだよね、というような内容のものではないですから。いっそのこと、被爆者の生の声を直接聞くというのが良いんじゃないかと思ってインターネットで調べてみました。ところが『被爆者の話を聞いて、こう思った』というようなレポートばかり、過去の話ばかりで、ここで聞けますよという情報は見当たりませんでした。どうやったら聞けるのかと思って資料館にたずねたら『被爆の語り部さんを派遣できます』という制度があって、じゃ、お願いしたら聞けるんだなと思って実行に移そうとしました。ただ、せっかく語り部さんに話してもらうのに、一人で聞くのは、ちょっともったいないな、と。バーもやっていたし、それなら、周りにも声かけて、皆で聞こうかっていうのが最初です。イベントというと軽々しくなりますけど、毎月六日に行うことにしました。」

バーのオーナー冨恵洋次郎さん

毎月やること、継続すること

語り部さんの話を聴く会を始めた冨恵さん。開催するに当たって、決め事を二つ、それは、毎月やること、もう一つは、継続すること。

「広島に住んでいたらわかることですが、平和イベントというのは結構たくさんあるんです。いろいろな種類のものがあって、結構、単発で終わることも多く、悪いことではないんですが、若い人たち、ミュージシャンとかが、その時、ちょっとテンション上がって、その瞬間だけノリでやるっていうか、そういうのは好きじゃなくって。勿論、冷静に考えれば、その時限りだったとしても、やっていることだけで素晴らしいことだと思います。でもやるからには続けないといけない、一回やって止めるのは、何もやらなかった時より駄目みたいな、そういう感覚が僕の中にあるんです。周りにも、一回やっただけで飽きたの、それだったら最初からやらなきゃ良いじゃん、〝平和活動〟を利用してイベントして、結局、普段、考えていないんでしょ、という見られ方をされているような空気感があります。そういうのは皆さん口にはしないけれど、自分がやるには、そうはなりたくないというのが一番にあって。じゃ、毎月やろう、止めない、というのを最初に決めて、だから大きくはしない、自分で出来る範囲で始めました。」

語り部さんの話を聞いて、さらに熱もってやりたい人はやればいいし、ただ、話を聞いて終わりでもいいし。何かを強制することは、全くしていないし、するつもりもないと、淡々と話す冨恵さん。広島に生まれ育った彼にとって、〝平和〟を特別なことにしたくはないし、市井の人々と被爆者との距離をできるだけ近づけたいという思いで活動を続けている。

「平和活動って言われて、善人のレッテル貼られるのがすごく嫌で。自分は平和活動しているつもりは全くなくて、被爆者がそばにいないがゆえに、どのように接していいか分からない、慣れていない、そんな人たちと被爆者との間を取り持つ橋渡し的な役割を果たしたいだけです。」

バーで会を催すのは、リラックスして聞いて欲しいからで、通常、聴く会はアルコール抜きで行われている。

「継続していくというのは、今のところは、ずっと、被爆者の人がいる間は。しかし、それは有限なので、市が先を見越して伝承作業に取り組んでいることはいいことだと思います。現在、修学旅行生すべてに対応できていないようですから。ただ、僕は、被爆者の人が元気にしゃべってくれる間は、その人から話を聞いたほうが良いと思っているので、僕は僕のできる範囲で、このやり方で続けようと思います。」

〝七十年間の被爆体験〟だと思って聴いている

最後に、被爆者の証言について、ご自身はどのように思って受け止めているのかを訊ねた。

「被爆者の話というのは、当時何人死んだとか、どのくらいの被害があったかとか、辛い話

語り部の話に耳を傾ける聴衆。115 回目の「聴く会」は会場を借りて催された

とか、重たい話を聞くというイメージがあると思うけれども、普通に考えてみたら、そのあと七十年間生きてきた人の話なんですよね。だから、辛い死んだ話ではなくて、生きた話だと思って、毎月六日に聴かせていただいています。辛い思いをずっと心に抱きながら七十年間生きてきた、七十年前の被爆体験ではなくて、〝七十年間の被爆体験〟だと思って聴いているんで、そう考えれば、今の自分たちにプラスになるような話として受け止められると思うんです。」

【原爆語り部の話を聴く会】

毎月六日、広島市中区のバー『スワロウテイル』が主催しています。八月六日は多くの人が聞くことができるように別の場所（会場等）で開催されます。

未来への取組み

見えている課題と対策

被爆者が減少する中、被爆の実相を伝える『語り部』さんも、当然のことながら年々少なくなっている。こうした現状に危機感を持った広島市は二〇一二年、初めての試みである『被爆体験伝承者の養成』を行うと発表した。被爆体験証言者の体験を受け継ぎ、それを伝承する人材を養成するこの取組みに、十一都道府県から一三七人（男四十三人、女九十四人）の応募があった。

応募者らは被爆の実相の講義、話法技術の講義・実技等の研修を受ける。その後、平和文化センターが委嘱している証言者による被爆体験講話の聴講研修等を経て、証言者と伝承候補者とのマッチングを行い、そこで証言者から伝承候補者へ被爆体験等の伝授が行われる。これらのカリキュラムを、おおむね三年かけて行う。

・証言者の話を応募者（伝承候補者）が聴いて、誰の話を伝承するか決める。

・伝承候補者の希望と、証言者の受け入れ可能な人数などを調整し、証言者ごとのグループを作る。

・伝承候補者は、証言者から引き継いだ被爆体験や平和への思いを、自分が伝承講話として話すための原稿を作成する。
・市が時系列や数字などに誤りがないか確認する。
・市が確認したものを、証言者が確認する。
（必要に応じて、市が再度、確認する。）
・伝承講話原稿に基づいて、伝承者が講話の実習を行う。
・承認が得られた後に、広島市が伝承候補者を伝承者として認定する。
・市の認定に基づき、広島平和文化センターが、伝承者として委嘱する。

二〇一五年四月から、一期生一〇八人のうち、平和文化センターの委嘱を受けた五十人（平均年齢六十一・八歳）が伝承者として、原爆死没者追悼平和祈念館で講話するなど活動を始めた。

この取組みは、今も継続されていて二十五年度の募集には七都府県から六十八人が応募、二十六年度は六都県から四十四人が応募し、後に続いている。

伝承講話の様子

施策の概要

被爆から六十七年を迎え、被爆者の高齢化が進む中、被爆者の体験や平和の思いをしっかり継承し、一人でも多くの方に核兵器廃絶への思いを共有していただくため、概ね三年間をかけて、被爆体験伝承者を養成する。

取組に至る背景・目的

人類最初の被爆地である広島市では、その使命として、被爆者の悲惨な被爆体験や平和への思いを継承するため、被爆者による被爆体験証言の促進に努めてきたが、被爆後六十七年を迎えた現在、被爆者の方々の平均年齢は七十七歳を超え高齢化が進み、被爆体験を直接語り継ぐことができる方が減少している。

これまでは、被爆者の方々が自らの原体験を踏まえ、核兵器廃絶と世界恒久平和を訴えてきたが、今後は、被爆者に代わって被爆を体験していない世代が中心となってその役割を担う必要がある。

こうしたことから、本市では、被爆者の被爆体験や平和への思いを次世代に確実に伝えるため、今年度から、被爆体験証言者の被爆体験等を受け継ぎ、それを伝える被爆体験伝承者を養成することにした。

また、被爆者の中には、新たに、自らの被爆体験を広く後世に伝えたいという意向を持っている方もおられることから、合わせて、自らの被爆体験等を語っていただく被爆体験証言者も募集する。

平成二十四年（二〇一二）広島市発表資料から

鼎談『被爆体験伝承者として思うこと』

被爆体験伝承者に応募して三年間のカリキュラムを修了し、一期生として今年四月から伝承講話を始めた、清野久美子さん、辻靖司さんに話を伺った。

――伝承者になろうと思ったのは、どういう理由からですか？

清野　仕事を辞めた時に、たまたま「伝承活動が始まりましたよ」って聞いて応募しました。ここにどんな町があったか、どんな生活をしていたか、ということなどを調べる広島フィールドワークというのがあって、それを個人でしている方から母の証言を頼まれたんです。その時にそういうのがあるって教えてもらって。

私の両親、それから親戚中が被爆者ですけれども、中でも母だけは被爆体験を克明に話したり、手記を書いたり、絵を描いて残したりしていましてね。私は母の体験を聞いているので、それを伝えていきたいなと思っていました。でも、それを単独でやるのはよろしくない、市認定の証言者の話を伝承しないと被爆体験伝承ではないということです。ただ、それだと、本当に二十数人の話の伝承だけにしかなりません。結果的には、そこに母親の話をくっつけてもいいことになりましたけど。

毎年、八月六日の同窓会で、母の同級生と顔を合わすことがあって、その人たちの体験記なども読んでいます。その人たちは市が認定する証言者じゃないけど、被爆体験をたくさん持っておられますし、別の場所で活動しておられる方、遠くにお住まいの方もいらっしゃいます。中には証言ビデオに残っている人もいるけど、何にも残していない人もいて、それらはやっぱり何かで引き継がないといけないな、と思います。

辻　僕がやろうと思った動機は、証言者の方が高齢になって、切羽詰った問題だなと思ったからで、身内に証言者がいるわけではないですが、知った人はいっぱいおられます。

僕はピースボランティアをやっているので、平和記念資料館内の案内や、平和公園の碑巡りの案内をしていますからね。ボランティアで外国人を案内して、そのあと帰ったら、また証言者の話を聞くというような時に、その方とますます親しくなるようなことでね。そんなことから、選んだ人もあります。

それにしても、ほんと、僕は、市のハードルが高かったですからね、伝承文がオッケーしてもらえるか、そりゃ悩みました、十何回も直しているのがありますからね。

清野　伝承文を出して、チェックを受けて、講話に至るまでに、最低でも三回はやりとりがあります。市がオッケーを出して、それから証言者がオッケーを出して、それから講話実習をやってオッケーが出て、それでなんとか。まず原稿書いて、そのあとが大変です。

辻さん、相当、苦労されましたよね、なかなかすぐオッケーもらえなかったから。

辻　僕は、始める前は、伝承文というのは証言者の方にオッケー貰ったら、まあ、あとはオッケー貰えるんだろうな、というような気でいましたからね。市が目を通すとしても、そんなに、よけいに直すことはないと思っていました。

――人数とか、数字のことで？

清野　数字もですけど、例えば地名を入れたら県外から来た人が分からないとか。ほかにも、これは本当にそうだったのか、とか突き詰めて訊かれたり、正確性を求めてこられて、それは大変だったですよね。

証言者が言うのは、それはもう仕方がない。だけど伝承者が言うのは正確じゃないといけない。だからもう、いろんな資料を集めるのにも、広島市提供、だれだれ撮影とか、著作権者のオッケーをもらって表記しないといけないし、ややこしくて大変です。

辻　そういうのをまとめて一回に直してくれるのならいいのですが、少しずつ、小出しに言う感じでして、なんかね…。

清野　でもね、おかしなこともありますよ。私の母が救護活動していたときのことで『キュウリを擂り下ろして塗った』といって出したら、『キュウリの擂り下ろした汁を塗った』と直されて、もうしょうがないからそれで出したら、最後の講話実習のとき、「キュウリの汁だけ塗るというのはどうか」って言われて。「そうですね、でも、私、こういうふうに直されたからそうしているんですよ」と言ったら、きょとん！とね。やっぱり、直感的に直したら、違うというのも結構あったりして、そんなことで嫌になる時もありましたね。結構、厳しかったけど、正確なことを伝えようと思ったら、ああいうことになるのかなと思ったりしました。

清野さん（左）と辻さん

辻　そうは言っても、僕はそんな細かいことまで、市のレベルで言うことじゃないと思っていたわけです。そういうことは、どうでもいいといったら言い過ぎますけど、それは証言者と伝承者がオッケーなら良いということだと。だから市にも、チェックすべき項目は、例えば核兵器の問題について『今、核武装している国がたくさんあるのだから、日本も核武装して対抗して平和に結びつけるような考えもいるんじゃないか』とか、例えばですよ、そういう文章は通らないと思うけど。

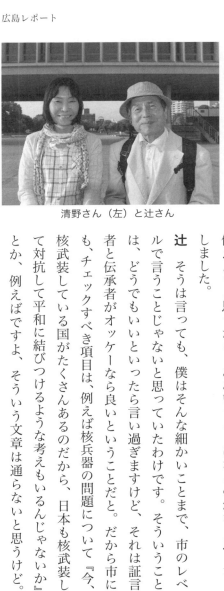

そういう大きなところをチェックするのが市の役目でしょ、もっと高い視点で見てください、というようなことをね。だから、よけい嫌われて。(笑)

——被爆体験・証言が確実に間違いないものかどうかの裏が取れない限りはできないというスタンスですか?

清野　市がするとなると、正確性というのも、すごく問われるのは確かですよ。

私の母は、爆心地から四キロの祇園で被爆して、一夜を明かして、次の日に横川のほうから十日市、そして相生橋通ってここまで入ってきたのだけれど、下手な相生橋の絵を描いていて、いろいろ家族を捜してドームの横に行ったとき、相生橋のとこで被爆した馬と被爆した兵隊さん、それからアメリカの捕虜一人を見ているんです。その絵に『ドームのところに親子三人連れの死体があって、自分の兄弟、弟二人とお母さんに年格好が似ているから、そうじゃなかったのかと思っている』という文を書き添えています。原爆の絵を検索したら、同じところに同じ死体を見たという絵があって、やっぱり米軍捕虜を見たことも、同様に見ている人が何人かいるし、兵隊も馬も見ている、だから、そういう整合性があればいいけど、それを、捕虜三人見た、とか言い出したらおかしくなるでしょ。

だから、七十年も経ってきたときに、そういうことが難しいんだろうなって。今、母も、ちょっと認知が入ってきた感じで、そのへんがあやしくなってきていますからね。

聞き出したいことを、ささっと上手なタイミングで質問したら、ポポポーンと答えが返ってくるのだけれど、変に突き詰めると、もう、違うんですね。証言者の中でも認知が進んでおられる方があって、今も、なかなか苦労しておられます。そんなことで、年寄りの扱いになれた一期生にお呼びがかかって、話を上手に引き出したりしているというのもあるし、なんか、もう今、ぎりぎりのとこですね。

——伝承者として人前で講話をするようになったのは、今年の四月からですよね、一ヶ月余りしか経っていないですけど、やってみて、どうですか。

清野　まだまだ、ですよ。今、実践でありながら、練習ですよね。まだ、人を集めることも出来てないわけだから。とりあえずスタートしましたけど、って、まぁ、そんな感じでしょうね。

初めて伝承講話をする人の時に、その人が一人で会場の鍵開けて、じゃ、勝手もわからず、なかなか出来ないでしょ。私は家が近いから、同じチームで勉強した人が伝承講話をするときは、来られるときには来て、部屋の準備とか、片付けとかも手伝うようにしていますけどね。

辻　僕は、伝承の講話というのは、丸暗記してからすらすら流暢に言うのが伝承だとは思っていないです。今も啓発課でひとこと言わせもらったのですけど、僕が下手だからか、そういうコメントがありますからね。伝承者の中でも、丸暗記して流暢に話すのが上手なやり方、伝承のトップレベルのように思っている人もいるでしょうけど、僕は違うと思いますね。

弁論大会だって、原稿をきちんと下へおいといて、その内容を確実に伝えるというのが弁論ですからね。伝承というのはやっぱり、それは証言者が基本だろうと思うけれども、証言者の中でも、そんなに丸暗記してしゃべってくれなくてもいい、原稿読んでくれてもいいからこれを伝えてくれればいい、という方もおられるわけですよ。

パスした伝承文に対して、どれだけ証言者の思いを込めながら伝えられるかというのが、伝承講話だと思っています。勿論、証言者の方が、とにかく丸暗記してすらすら言ってくれという人なら、そうしないといけないけれども、それは、人それぞれ違うというふうに思っています。僕は、あくまでも伝承文読みながらでも、いかに証言者が伝えたかったことを聴く人に伝えられるか、ということが大事なことであって、丸暗記をして流暢に、詩を読むような、朗読のような、そういうのがいいとは思っていません。僕は今もそういう持論でいるんですけどね。

清野　だから「あの人は原稿読まずにやったね、すごいね」という評価をする人もいるわけですよ。でも、結局、どういうふうに伝わるかというのがポイントだけど、人前で話をするスタイルとかが、評価対象になっているという部分もあります。

勿論、原稿だけを見て、やったのではいけないとは思いますけど、違うんじゃないかな、フオーカスは、と思うわけです。最終的には伝えていくのが一番ですから。

――証言者の方からの反応はどうですか？

辻　この前、Tさんの伝承講話をやったんですけど、後から電話を貰って「もう十分です」と言われましたね。「動員学徒のこともよく勉強して話してくれました。私から言うことはありません」とね。僕もTさんの証言内容を完全に暗記しているわけでもないし、原稿見ながら読んだところもあったけど、Tさんは、それでいいと言ってくださっているし、まあ、そんな調子でこれからもやろうと思います。

清野　私は、証言者、三人申請して、三人ともオッケーが出たけど、辻さん、七人。七人覚えられないですね。

辻　僕は、二十三人の証言を聴いた中から、選ぶというよりも、どれをはずすかに困ったぐらいでしたから。もっともっとやりたいぐらいの感じでしたけどね。どの伝承者のも、それぞれ個性があるし、亡くなられることになったとしたら、それらの証言を全部伝えたい、という気持ちがありましたからね。僕は十人エントリーしたけど、結局、七人になっていますけれどもね。一人は途中で病気になって、勉強会に出られない、ということで伝承できなくなったのがあります。

清野　Mさんは三人分の原稿通すだけ踏ん張れたけど…。

辻　僕らは早くにあの人の原稿を出したので、三人分は見てくれたけど、元気なときにね。その分は市のほうも見てオッケーと言ってくれたのでパスしたけれど、その後の分は原稿出ていないから、市は証言者のオッケーがとれないので駄目ということになるからね、自然に。

清野 Mさんが入院されたときに、原稿書いて、急いでってメール出したんだけどね。結局、チームで毎回出席していた人が六人ぐらいいたけれど、三人は間に合わなかったからね。だから、英語で伝承講話をやろうと思っていた人も、Mさんの目に原稿届かなかったから駄目で。

あと、Kさんのところに行っていたけど、あの人も記憶がおかしくなっていて、オッケーが出せないようになっていますね。あの人の話は…あれで終わりなの？

辻 終わったんですよ、もうずっと前のことでね。今、生きておられるけど、勉強会に来られなくなったんだからね。ストップすることになるわけですよ。

——今がギリギリではなくて、ギリギリ超えていますね。

清野 母の中島小学校の同窓会が、毎年八月六日にあるけれども、最初は十人くらい、同級生が集まっていたのに、去年は亡くなったりしたのもあって、四、五人。しかも、目の前に座っていたのに「今日は○○さん来んかったね」とか、そんな感じになっている人も。うちの母も認知が少し入っているけど、その上をいく人がいるような感じだったりするから。頭がいくらしっかりしておられる方でも、今度は身体が思うようにいかなかったり。そういうことを考えたら、ほんと、急務です。
もっと、このこと、被爆体験を、どうにかして伝えて…どうしたらいいのかな。これは広島市の分だけど、他にもね、やっぱり、どうなんでしょ。広島を語る会とか、いろいろあるけど、まあ、後継ぎがいないですよね。

――そういうところの話を伝承事業として引っ張ってきて、伝承者がしゃべるということにはならないんですか？

清野 駄目です。

――それはなぜ？

清野 広島市だから。お役所だから。

というのは、被爆体験を話しておられる人の中には、話が変わってきている方もおられるんです。四十年くらい前に書いておられる手記と、今、ここで、修学旅行生の前で話しておられる話が変わってきている、話に尾ひれがつく、話が動くんですよ。私はその方の昔の手記を読んでいるのでわかるのですけど。そういうのがあるから、あの人があぁ言ったというのをそのまま継いじゃいけないいんですよ。

例えば今の証言者が言っておられることでも、それが正確なのかどうなのかっていうチェックが入るのは仕方がないことです。「夜を明かして、三日目に目を覚ましたら辺り一面が蛆《うじ》で真っ白だった」とか言い出して。でも手記にはそんなことは書いていないし、誰も聞いていないけど、それをやっぱり、個人的に請けた分で話をしておられるから、それが伝わっている、ということでね。多分、記憶が曖昧になってくるのもあって、自分の中で話が大きくなっているんでしょうね。「後継ぎがおられんようなら、後継ぎますよ」と言ったら、「自分の話、聞きに来い」っていう感じで。だんだん認知が進んできておられるから、よけい辛くなってきますね。

昔の証言ビデオもあります。でもそれと話しておられることが変わってきているから、やっぱり、いろんな人から聞いた話というのを入れちゃいけないんだな、って。

だから、まぁ確かに、市が正確なことをというのも分かります。

辻　証言者の方同士でも言われることがありますよね。僕らの目の前で「あの人の証言は内容がおかしいと思われんですか」って。そうなったら、ほんと、僕らからは言えないけれど、もう証言するのは難しい、というような感じになりますよね。

清野　だから、昔のいろんなものを、記録とかをたどりながらやっていくしかないです。

まぁ、でも、やっぱり、書いてあれば古いことでも助かったのにね。四、五十年前に書いた分だったら、記憶も鮮明で、しっかりしている時期だし問題ないでしょうけど、今、書く手記だと、当時を裏付ける被爆跡もほとんど無くなっているし、はぁ？　という感じもあります。しょうがないです、ほんとに、もう秒読みですね。

辻　まさに急務なんですよ。僕はボランティアやっていて、ほんとに急務だと思いました。広島にいる人は、こういう活動をしていたら、ほんとにそう思っていますよね。

清野　でも今、胎内被曝の人も被爆者だといって証言している人がおられるでしょ。被爆者手帳があるから「アイム、サバイバー」とか言って、やってらして。

辻　そりゃ、どうかな。内容が違いますよね、どうしてもね。

清野　だから、三つの時に被爆した人も『被爆者証言』になるわけですからね。その一場面だけは鮮明に覚えている、ということはあるでしょうけど。

母のいとこが五つで被爆した時の話ですが、おばあさんと己斐駅にいた。それは駅の柱の陰だった。おばあさんは、柱の先に日傘を出していたら、日傘はぼろぼろに焼けてしまった。でも、いとことおばあさんは助かった。一生懸命、地御前（廿日市市）まで走って逃げたのを憶えている、と話してくれました。だから、よっぽど鮮明な記憶だったんでしょうね。忘れられない記憶らしいです。

――急いで繋げていかなくてはならない事業ですよね。

清野　歳とっておられますからね、元気だった方も、あれ、どうしちゃったんだろ、というくらい、急に元気がなくなったりするのが分かります。八十過ぎた人には、一年一年が大きいですからね。間に合わないのかな、ビデオで残るだけかな。あと、手記と。何万人もの人が、やっぱり、それぞれに体験しているわけですからね。
やっぱりその人たちの気持ちは、何とかして、きちんと引き継がないといけない。だから、それを周りでとやかく言われてもやっていくしかないでしょう。

【被爆体験伝承者による定時講話のご案内】

国立広島原爆死没者追悼平和祈念館（広島平和記念公園内）地下一階研修室にて行います。平日は午後一回、土日祝日・夏休み期間中は午前一回、午後二回、定時講話を実施します。また外国人入館者が比較的多い時期（四月、五月、七～十月、年末年始、三月）には、英語による証言を一日一回追加して実施します。

定時講話は、個人、団体を問わず平和記念資料館への一般来場者等を対象とし、予約不要、無料です。

おわりに

ここに、被爆者、市民、世界の人々の力強い支援と協力を得て、『広島の追憶と今日』と題する書物を編集し、出版することができました。

これは悲惨極まりなき地獄を経験し、今もなお苦悩を続けている被爆者の平和を願う叫びであり、また「ノー・モア・ヒロシマ！」と訴え求めている人類の強い願いから記録されたものであります。

わたしたちは、この事実を、この願いを全世界の人類の教訓として心に刻み、過ちを繰り返さない決意と覚悟が必要です。そして、人類主権の立場からお互いの生命の尊厳を認識し、尊敬と理解と協力によって真の平和を確立するように努めることが大切であると思います。

このような願いをこめて出版した趣旨をご理解いただければ幸いです。

なお、出版にあたり、広島県内外の多くの方々に指導助言をたまわったことを感謝申し上げると共に、さらに各界各層の数千人の方々によるご協力をたまわったことについて、深甚の謝意を申し上げたいと思います。

平成二十七年六月

編者　高山　等

〈プロフィール〉
編者　**高山　等**（たかやま　ひとし）

1930　広島市で誕生
1945　法政大学文学部卒業
1960　広島市内で、中学校教員に
1987　公立学校退職
1988　東広島市被爆者の会に所属し、代表として世話
1988　被爆資料展示場開設

編著に英文『HIROSHIMA IN MEMORIAM AND TODAY』
（広島の追憶と今日）『ヒロシマの原爆証言』がある

英文「広島の追憶と今日」出版を支える会
〒739-0142　東広島市八本松東 4-7-3
TEL/FAX　0824（28）5121

広島《ひろしま》の追憶《ついおく》と今日《こんにち》

2015 年 8 月 6 日　初版発行

編　者　高山　　等　
発行者　登坂　和雄
発行所　株式会社　郵研社
〒106-0041　東京都港区麻布台 3-4-11
電話（03）3584-0878　FAX（03）3584-0797
ホームページ http://www.yukensha.co.jp
印　刷　モリモト印刷株式会社

ISBN978-4-946429-17-0　C0021
2015 Printed in Japan